いつか春の日のどっかの町へ

大槻ケンヂ

角川文庫
20207

目次

アンコール編

まえがき

本書は、40代半ばにして突如、アコースティックギターの魅力に夢中になり、生まれてこれまで楽器などさっぱり弾けなかったのに、弾き語りの練習を始め、ライブに挑戦したある一人の男の物語です…ってそれ、僕なんですけれども。

新しいことにいい歳をしてチャレンジしたことによって、どんな出来事が起こったのか、笑ったり泣いたりの日々（というほどドラマチックでもない）について、いつもの調子でサクサク読める一冊にまとめた本です。

基本的にはエッセイですが、書いている内に妄想のふくらんだ部分も多く、私小説的というか、エッセイと小説の中間、のような…なんでしょう…ちょっと内面的個人記録になったようにも読み返して思います。

いずれにせよ、お風呂につかりながらや寝しなに、サッと読めるものになっていると思いますので、アコースティックギターや弾き語りなどについてまったく興味の無い方でも、楽しんで読んでいただけるかと思います。逆に、アコースティックギターや弾き語りについて詳しい読者の方は、〝弾き語りビギナーあるある〟を、どーぞ、あはは！　と笑ってやって下さい。

エッセイのような小説ですが、結局書いてあることは、まえがきからぶっちゃけて著者自ら言ってしまうと、有限の人生の中で、でもどこからでもいつからでも人は新しいことを始めることがきっとできるのだと思うし、そう思った方が楽しいよ、という、おせっかいです。

いつか春の日のどっかの町へ

永遠《とわ》も半ばを過ぎて

『永遠《とわ》も半ばを過ぎて』とは、故中島らもの小説のタイトルである。

アル中で大麻取締法違反の逮捕歴もありながらインテリであったらもさんのこと、もしかしたら古典などの文献から引用したおシャレなフレーズであったのかもしれない。

学も趣味もなくパソコンもやらない僕には今はネタ元（あるなら）を調べようも無い。

永遠の半分とはどれくらいなのであろうか。

見当もつかない。

人間の一生の半分なら約40年と誰でもすぐに答えが出せる。

人生約80年として折り返し地点は40歳である。

後半分しか残されていないと考えるか、まだ半分も残っていると思うべきか。

これも見当がつかない。つかないまま、らもさんが酔っぱらって階段からこけてあの世へ行っちまった数年後、２００６年2月6日に、僕は人生も半ばを過ぎた。40歳になったのだ。

「四十にして惑わず」とは、言わずもがな孔子《こうし》の言葉である。

間違っている。

孔子ってやつは何もわかっちゃいない。

40歳にしてわかったことは、40代は大いに悩むという厳然たる事実である。

しかも悩みの種類が、中学二年生レベルというか、たとえば、40年も生きてきたことによる生活に対しての万能感に対して、実際のところ生活の何もろくに出来ちゃいないと相反するいきどおりであったりとか、この先自分はどう生きていくべきなのだろう、どうなっちゃうんだろうという不安であったりとか、そもそも自分の人生はこれで正しかったのだろうか、などの問いであったりする。

それどころか、本当の自分って何だろう？　などと、これはもう中二病そのものの病態である。

教室の片隅でポツンと一人、星新一※先生の『ボッコちゃん』を読んでいた中学生時代と同様の、漠然とした焦燥感と、砂がこぼれていくような虚無感に40代がとらわれてしまうのは、人生が永遠でないことと、永遠ではないそれがもう半ばを過ぎてしまったことが理由なのだろう。

リア充の時期であったとしても中年期中二病はやってくる。

40歳になった年、8年間も活動を停止していた僕のバンド、※筋肉少女帯《きんにくしょうじょたい》、略して筋少、が再結成した。

再結成は評判を呼んだ。中野サンプラザで行われた復活ライブのチケットは即完売。ライブ自体も感動的なものとなった。筋少は勢いに乗り、2年後には日本武道館《にほんぶどうかん》でコンサートを行うこととなる。

武道館コンサートはかつてのメンバーも集合しての盛大な内容であった。役者の道を志すためにデビュー直前に当時22歳で筋少を脱退した※みのすけ氏や、一人だけ再結成に参加しなかったドラマーの※太田明氏も駆けつけてくれた。総勢九人となったステージ上は、気がつけば全員が40代であった。オーバー40のロックミュージシャンたちが揃いも揃って、高校生の時に作った楽曲を演奏した。

2時間半に及ぶステージの途中で僕は貧血ぎみとなり「誰か甘いものを、チョコレートを持ってきてくれえ」と懇願した。ところがチョコの一つも用意がなく、40代は晴れの舞台にばたりと倒れ、ダダッコのように「何十年もがんばってきてチョコの一こももらえねーのかよ!!」と叫ぶに至った。もちろん場内爆笑のバカ場面であった。ところが客席で観ていた当時齢《よわい》76の老いたる我が母はこれをガチと解釈。隣席のまったく知らない若者に、「アナタこれ賢二《けんじ》にあげて来て」と言って巾着から取り出したはちみつキンカン飴《あめ》をちり紙に包んで手渡したそうである。泣けてくる話ではある。

40代武道館ダダッコ状態を中年期中二病と言っているのではない。不安や焦燥、虚無感のことだ。

武道館のコンサートが終わった直後、僕は一人ポツンと楽屋にいた。

一人だったのは、再結成以降、楽屋が禁煙と喫煙に分けられることとなったからだ。煙草を吸わないのは僕一人きりであった。

「大槻《おおつき》君、おつかれのとこ、ちょっといいかな」

ふり向くとトイズファクトリー※のディレクターが立っていた。

「どうぞ、何？」

「うん、いや、こんな時にアレなんだけど」

ちょっと、申し訳無さそうな表情を浮かべていた。

「アレって、何ですか」

「うん、大槻君、うらべさんって方を知ってる？」

僕の脳内検索エンジンにその名がひっかかるまで数秒の間が生じた。

久しぶりに聞く名だった。

「うらべくん…あ、ウラッコだ。あ、ウラッコってのはアダ名ね。え？　彼？　来てくれてるの？」

通してよ、すぐに。と答えた僕の顔が懐かしさにうれしそうになっていたのだろう。ディレクターはさらに申し訳無さそうな表情をした。やさしい人である、謝った。

「いや、あの、ゴメンね。亡くなったそうなんだ。その、うらべさん。昨日らしい。今日の昼にうちに連絡があって、伝えてくれと。こんな時にごめんね。これ、連絡先」

ウラッコのお兄様の携帯番号らしき数字の書かれたメモを渡して、申し訳無さそうな表情のままディレクターは去っていった。

残された僕はまた一人、楽屋でポツンとメモを持ったまましばし呆《ほう》けた。

まだ筋肉少女帯と背中に刺繍の大きく入った衣装のままであった。

ロックミュージシャン40代は、しかし自分の今の姿が、中学二年生の頃の、『ボッコちゃん』の文庫本を一人ポツンと読んでいた教室の片隅のそれに、意識の中でゆっくり重なっていくかのような不思議な感覚にとらわれてため息も出なかった。

日本武道館ワンマンライブの翌日に僕は、僕に初めてロックを教えてくれた小学校の同級生の通夜に出かけた。

そこで、一人のミュージシャンと再会する。

彼もまた数年後に天に召されるなどとは、その時には夢にも思っていなかった。

『トリロジー』

少年の頃、まさか自分が〝ロック〟を生業《なりわい》とする大人になるなど夢にも思っていなかった。

表現欲はあった。

ネットはなかった。

〝何者かになりたい君《くん》〟たちは必然的に、それぞれ自分の発表の場を模索する必要があった。

80年代の東京で青春を送っていると、それにはライブハウスが最も適していた。ライブハウスに出て自分を発表するためには、似たような性分の友人を集めて、便宜的にバンドを名乗らなければならなかった。

そんなやむにやまれぬ事情から僕はロックを始め、40代になってまで続けていて(もう、便宜上だったんだか必然だったんだかわからない)、日本武道館でライブを行い、翌日、友人の通夜に向かうためタクシーで斎場へと向かっていた。

40代のフルライブ翌日におけるバンドマンの体調とは一言で言えば〝ポンコツ〟である。

ヘドバンで首、リズムで膝、煽《あお》りのための動作で上腕二頭筋が熱を帯び重痛い。声はつぶれ『※犬神家の一族』の〝スケキヨ〟のようだ。

一番困るのは視界がぼやけることだ。

運転手が道を間違え、タクシーはどことも知れぬ住宅街の裏道を迷走した。

ぼやけた目で見る細い路地裏の風景は、遠い昔に小学校の授業が終わって同級生のウラッコと共に歩いた、彼の家へ着くまでの、細い道の入り組んだ、懐かしい町並と重なって見えて仕方がなかった。タクシーの中で僕は心の置きどころに困った。

ウラッコは小学校の三年から六年までの同級生だった。※永井豪先生が描く「イヤハヤ南友」にちょっと似た小柄な美少年であった。

話が面白く、さまざまなことに詳しかった。手先が器用で天才的に上手《うま》い絵を描いた。

運動も勉強も苦手で図体ばかりでかい僕に何故かよくしてくれた。彼の教えてくれた雑学の中に〝ロック〟というものがあった。

「え!? ロ、ロック…あ、ビ、ビートルズとかそういうやつ?」

「ああ、あれはもう古いよオーケン、最近は※エマーソン・レイク&パーマーとかかな」

と言って、自宅の一室で、アルマジロと戦車が合体したようなバケモノの描かれたレコードジャケットを僕に見せるのであった。

それは※プログレッシブ・ロックの名盤『※タルカス』であった。もちろん当時の僕はそんな評価を知る由も無い。

他にも何枚か、今にして思えば※レッド・ツェッペリンや※ピンク・フロイドといったロックの名盤のジャケットを紙芝居のようにめくって見せては僕の感性をびりびりにしびれさせた直後、当時小五の同級生は「ところでオーケンは※ピンクレディーのミーが脱いでたってこと、知ってるの？」とニヤリと笑って言い出したりした。

「え？　何!?　ミーが？　ウソだ!?　そんなことあるわけないって」

ピンクレディー全盛期の頃である。僕もウラッコも共にミー派であった。

「それがさ、実はミー、売れない時期に金のために脱いだんだ。ホラ」

と言って、ウラッコは僕に一冊のエロ本を渡したのであった。

めくって僕は「うっ…」とうめいたきり絶句した。

裸の女の人の顔の部分にどこからか切り取ってきたらしいピンクレディーのミーの顔写真が貼りつけられてあったのだ。

ウラッコがやったのだろう。実に巧みな手技によるアナログ・アイコラだ。見事といっていい仕事ではあったけれど、フェイクであることは一目でわかった。

しかし、ウラッコは会心のどや顔で「どうだい？」と僕に問うのだ。

僕はしばしどうしたものかと考えた後、ハッ、と気づいた。

ああこれは『おれは感性を試されているのだな』と理解したということだ。

見立ての心、作りものとわかっていても表現者の仕事をわかってやろうと思う〝イキ〟の想い、表現を共有するための寛容力、遊び、ウソを愛《め》でるために本気でウソをついてみせる、つまりはクリエイターの感性を、『オーケン君それ持ってんのか？』とミーのアイコラヌードを用いて問われているのであるなと気づいた。

実に厳しいこれは小学生ピンクレディー大喜利《おおぎり》である。

「う…うん…そうか…ミーちゃん、ミー…脱いでたんだね。※都倉俊一《とくらしゅんいち》のしわざかな」

僕が適当なことを言うとウラッコは、僕の手からエロ本をサッと取り上げた。

「オーケン、エマーソン・レイク&パーマー、聴かせてあげるよ」と言った。

そして『合格』とでも言いたげなうれしそうな顔をして小学五年生の同級生は、アルバム※『トリロジー』をターンテーブルの上に置いた。

ウラッコとは中学が別になり、疎遠になった。

再会したのは、四半世紀近く後のことであった。

筋肉少女帯のボーカリストとそのアルバムジャケットを担当するデザイナーとしてであった。

新進気鋭のデザイナーとなっていた彼は、僕のCDのアートワークを何枚かやってくれた。中でも、筋少のアルバムの中で最も狂気性の高い『※レティクル座妄想』のジャケは秀逸なものだった。

しかし数年後、レコード会社が変わったことで、彼とはまた疎遠になってしまった。

それからまた数年後のある日、僕のマンションのポストに、一通の封筒を見つけた。ウラッコからのものであった。

「ウラッコよりオーケンへ」としか表に書かれていないことから、郵送されたものではなく、彼が直接やって来て、投函《とうかん》していったものと思われた。

開けると手紙が入っていた。

…あれから海外で仕事をしたり、賞を取ったりいい感じでデザイナーの仕事をしていたが、その後、調子を崩し、今は療養中の身である。いつか元気になったら、オーケンと絵本を作ってみたい。自分が絵を描くからオーケンが物語を作ってくれないか。

といったことが記されてあった。

絵本調のイラストも添えられていた。それはかわいらしいと言うより、小さい子供の描いたかのようなプリミティブなタッチの絵だった。『レティクル座妄想』を手がけた人のものにはとても思えなかった。

僕は『レティクル座妄想』の発売の後くらいに、メンタルを悪くしたことがある。だから心がひどい風邪を引くと時に人は童心に返っていくことを身を以《もっ》て知っていた。

あの『レティクル座妄想』の狂気のアートワークを描いた天才が、絵本を作りたいと手紙を書いている。

『あ、これは彼ちょっと今やばいのかな』と思った。だから、筆不精の僕が返事を書いた。

「絵本、了解。ぜひいつかやろう」と書いた僕からの手紙を、「おいオーケンから返事が来たよ」と言って、ウラッコはとてもよろこんでくれたと後に彼の知人から聞いた。

共同絵本制作の計画は、作画担当予定者の他界によって頓挫してしまった。

斎場には、ウラッコ同様に小学校の同級生であったハバちゃんも来ていた。池《いけ》の上《うえ》陽水《ようすい》というふざけた名前で、良質のポップスを歌うミュージシャンでもある彼と会うのは、※新宿LOFTで一緒にライブを行って以来の久しぶりであった。

「久しぶりに会うのがウラッコの通夜とはね。なんだかね…」

「うん、なんだろうね」

「…飲んだりしていく？　今日」

「いや、今日は一人で」

「ああ…じゃあまた、また、ライブやろうよ」

「うん、そうだね。じゃあまた」

斎場から二人でトボトボと歩き、大きな道路に出たところで、そう言って彼と別れた。

だがこの対バンライブの約束も、絵本制作と同様の理由によって、計画が実行に移されることはなかったのだ。

２４６の橋の下

父は昭和4年、母は昭和8年の生まれだ。２０１２年現在も存命である。

僕は幼い頃、モノラルのラジカセで、父の好きな小林旭《※こばやしあきら》ばかり聴いて育った。すっとんきょうと言っても過言では無いアキラ（と父は呼んでいた）のハイトーンはしかし、どこまでも遠く旅をするようにのびていく。それは子供心にも哀愁を感じさせて引き込まれた。

中でも「ギターを持った渡り鳥」という、タイトルのままにギターを抱えて東へ西へ、あてどなくさすらう男の放浪歌は、ライフスタイルとは決して社会や時代の定型などではなくてもっと自由なのだということの大切さを教えてくれたように今思う。

ちなみにマジメ一筋のサラリーマンであった父にとっては、「さすらい」とは憧れでもあったのかもしれない。

「あ〜こんなふうにさすらってみたいな」と戯《ざ》れ言を言った父に僕は反抗期のころ「じゃあ会社やめて今すぐ旅に出ればいいじゃないか」と吐き捨て絶句させたことがあった。

思えば、その頃、父は今の僕くらいの歳であった。

僕は幼い頃体が弱かった。長期学校を休んで自宅で寝ていることも多かった。いつも微熱気味だった。苦しんでいるわけではなかったので、暇だろうからと枕元に母がラジオを置いてくれた。

そこから流れる当時流行のニューミュージックが僕の音楽への興味を喚起した。特に※小椋佳《おぐらけい》の「めまい」というアンニュイなメロディーの楽曲が好きだった。

これズバリ大人の男女の不倫の歌である。

早熟に過ぎるガキである。

ま、「ワイングラスの角氷」との詞を「ワイングラスのかき氷」と聞き違え『メロンシロップかけて食いてえっ』とか思いながらのリスニングではあったが。

出来が悪く病弱な息子を母は中学になるまでケンちゃんと呼んだ。思春期になるとさすがに賢二と呼び方は変わったが、大人になるとまたケンちゃんにいつの間にか呼び方が戻っていた。

「ケンちゃん、ホラこの間亡くなったうらべさんの、お母さん？　おばあちゃんかな？　がこの間うちに急に来てね、これをアンタに渡してくれって置いていったよ」

正月に実家に帰った時、そう言って母は僕に薄い本を渡した。

絵本であった。自費出版の本らしく、シンプルな作りだ。

黄色い猫の少年と、赤い猫の女のコとが手をつないでいる表紙に『おかしなせんそう』というタイトルが書かれていた。表紙の女のコは松葉杖《まつばづえ》をついている。片足がなかった。

…黄色い猫の少年は「ぴーすけ」と言った。ある日、大好きなおかしをリュックに詰めて、彼は旅に出る。

何日か旅した先で、杖をついた片足の「フーラ」に出会う。

フーラは、ドンドン王国とモットー王国の戦争で、地雷を踏んでしまい、片足を失ったのだ。

戦争の原因は、おかしの取り合いであるという。

ぴーすけは戦地をたずね、両国の兵士に戦うことをやめるよう言いにいく。

しかしどちらの国の兵士も、あっちの国がおかしをもっと欲しがるからだと言って聞いてくれない。

ぴーすけはドンドン王国の城へ向かった。

そこで実は、ドンドン王国とモットー王国の双方の王たちが、二人して大量のおかしを食べていたことを知る。

『ふたりは　おかしをパクパク食べながら　わらっていました。

「せんそうは　やめられませんな」

「かってもまけても　おかしが　じゃんじゃん　はいってくる」』

ぴーすけは城にあったおかしをたくさん大きな袋に詰めて再び戦地へ向かう。

「みんな～　せんそうなんてしなくていいんだよ。モットーもドンドンもなかよくおかしをたべてたよー」

その時ぴーすけの持っていた袋が、地雷の上に乗ってしまう。

緑のページに、散らばったたくさんのおかしと、うつぶせに倒れた黄色いぴーすけの体と、その左肩からあふれでる赤い血と、袋の端をつかんだまま、もげてしまったぴーすけの腕が、以前、僕に送られてきた手紙に添えられたイラストと同種の画風で描かれてあった。

たかやまみつみさんという方と「うらべかつや」の共著による絵本であった。

ドンドン王国とモットー王国の戦争は終わった。

「ぴーすけが　ばくはつしたところには　平和の　しるしに　ぴーすけのきていたシャツが　かかげられました」

最後のページをめくると、白地に小さな文字で「占部《うらべ》克也《かつや》に捧《ささ》ぐ」とあった。

「ケンちゃん、絵のうまい子だったよね、うらべ君って」

ほほ笑みながら母が言った。「うん」と息子は小さく答えた。

僕の歌に「おやすみ～END」という曲がある。

大槻ケンヂと※絶望少女達という名義で発売されたアルバム『かくれんぼか鬼ごっこよ』の中の一曲だ。

この曲の歌詞はウラッコへの追悼の意味を込めて書いたものだ。

小学校が終わり、夕暮れとなり、学校から彼の家へと向かうクネクネとして細い道の情景を、レコーディングしていた代田橋《だいたばし》の踏切ぞいの夕陽を見ながら、思い浮かべて一文字ずつ埋めていくように書いた。

「おやすみ～END」の発売された翌年に絶望少女達のライブがあった。絶望少女達は僕と女性声優さんたちのコラボによるユニットだ。ライブでは新谷良子《しんたにりょうこ》さんと僕とでこの曲を唄った。

絶望少女達はこの年の夏、アニソンの一大イベントである、通称〝アニサマ〟ことアニメロサマーライブ2009に出演した。

同年、復活した筋肉少女帯は、※OASISや※FRANZ FERDINANDがヘッドライナーを務めた※フジロック、そして※ロック・イン・ジャパン・フェスティバルにも参加。そして個人的には別のユニットでアニサマにも出場と、40代のミュージシャンとして、僕は何度目かのピークを迎えたと言っても過言ではない高調子にあった。

フジロックではアウェイ感を逆手に、登場するなり「なんで筋肉少女帯がここにいるんだあっ⁉」とやったところ、セキュリティのでっかい黒人までが爆笑して、アウェイをホームに変えた。

ただ実人生においては、40代はいつでも心の中にアウェイ感がいる。〝有る〟のではなく〝いる〟。棲《す》んでいるのだ。

それはどんな年齢であってもそうだろう。

ただ40代のアウェイ感は、もう若者とは呼べず、老いたというには早過ぎて、大人であるはずなのに、中学二年生のようなことに思い悩み、わずらわしい。自分で自分に「知らんがな」とつっこんでやりたい漠然としたこの疎外感は、社会において、自己において、いろんなことにおいて40年熟成された思いなのであり、今現在の仕事やなんやらの好不調とは別であるような気がするのだ。

『オレはこのままでいいのだろうか？　よかったのだろうか？』

『オレはこの先何がやれるのだろうか？』

『たとえばもしぴーすけみたいにある日ポンと地雷を踏んで、いや、別に地雷を踏まなくたって、ポンとある日この世界から別の世界に移ることがあったとして、その時に、ああ、あの時にやっておけばよかったな、うまくいかなかったとしても、別の世界でその時のことを、思い出して酒のツマミにでもできるような、やり残した試みみたいなものが、何かあるのではないだろうか？』

『そして、それを見つけるだけの衝動を、40代のオレは果たして今持っているのだろうか』

絶好調と呼べた2009年が明けて、2010年、冬。

1月後半の凍るように寒い夕方であった。

渋谷《しぶや》の、246の歩道橋を渡りながら、僕は例の、40代特有の中年期中二病に全身をスッポリと覆われていた。アレは、40代になると気候の変動で急に来ることがある。

40代の中二病者はその日、自分へのお誕生日プレゼントを買うつもりで街へ出たのだ。来月の6日になれば僕は44歳になる。オレが…44歳…。

ところが中年にもなると、自分をよしよししてやりたい自己愛があるだけで、とりたてて欲しい具体的な物などあまり無いものだ…からの『オレはこの先何がやれるのだろうか?』との、気候変動も含めてのぐるぐる思考の開始ということである。

桜丘《さくらがおか》の方へと歩道橋を降りた。

とにかく寒い日だった。とりあえず暖をとろうと、僕は何気無く一軒の店へ入った。

そこでふと…本当にふと、気になるものを見つけたのだ。

それに指を触れ、すぐひっこめ、また触り、いやいや、まさかオレがそんな、ちょっと笑ってみたりもして、でもやっぱり気になって近づいて…繰り返していると、ふいに背後で声がした。

「大槻さんですよね」

振り向いて、ウッと僕は息を飲んだ。

天国への階段

「大槻さんですよね。今日はギターをお探しですか？」

楽器店で店員ににこやかに話しかけられたときの、あの『す、すいません！』とその場からダッシュで逃げ出したくなるような気分（補足すれば、それは『すいません』の前に『生まれてどうも』とつけたくなるほどの申し訳ない気分なのだ）を理解することができるのは、長いキャリアを有しながら、まったく楽器を弾くことのできないバンドマンだけであろう。

しかも話しかけてきたのが娘ほども歳の離れた女性店員とあっては。

「今日の狙い目はどのあたりですか？　いいの入ってますよぉ」

「え、え、あ、いやぁ、あははは…」

「今見てらっしゃったゴダン※なんかはほら、ゲイン※をここで調整できるのがすごく便利で…」

「ゲ、ゲイン？　ゲインってなんですか？」

「…え？」

若い女のコがプロキャリア四半世紀の中年男を『知らないの？』という表情で見上げたものだ。

僕はややあわてて「あ、や、弾けないんです。ギター、まったく」と自分の胸のあたりでプルプルと手を振ってみせた。

じゃあアンタここに何しに来た。

と言われそうだ。それで楽器店で店員に声をかけられると僕はいつも逃げ出したくなってしまうのだ。

僕は楽器が弾けない。

譜面も読めない。

というかそもそも音楽が不得意なのである。

中学の時の音楽の成績は、5段階評価中なんと最下位の〝1〟であった。

そんな者がどうしてロックバンドのボーカリストとして武道館やフジロックやアニサマのステージに立つことになったかは後に記述することにしよう。

楽器に関して言えば、10代の頃に早々と挫折した。

16歳の時、友人とバンドを組み（バンドは自分を〝発表〟するために便宜的に始めたことであり、それを〝音楽を始めること〟とはまったく意識していなかった。おそろしいことだ）、※フェルナンデス製の5万円の※プレシジョン型ベースを親に買ってもらった。そしてベースを担当したものの、これが見事に、まったく弾けなかった。

どのくらい弾けなかったかというと、音叉《おんさ》に合わせて※チューニングをすることがまずできなかったのだ。

演奏以前の問題である。

すぐにバンドをクビになりかけた。

「オレが言い出しっぺのバンドなのに、クビはあんまりだよ」と半泣きになったところ「うーん、じゃ、声なら出るだろう」と言われてボーカルにまわされた。

それは歌い手としてではなく、楽器を弾かないでも一応バンドの一員としていられるという立ち位置だったのだ。

芥川《あくたがわ》の小説で言えばカンダタにお慈悲で一本垂らされたお釈迦様からの蜘蛛《くも》の糸みたいなもんである。なんとも、か細いバンド内サバイブであった。

僕はボーカリストの座という蜘蛛の糸を同級生から垂らされたわけだ。

ギターは中二の頃にすでに挫折していた。

二光社製の※ムスタング型激安エレキを友人からさらに激安にしてもらって購入したことがあった。

で、雑誌『※ヤング・ギター』などを見ながら弾けるようトライしてみたものの、どのコードを押さえてみても緊急地震速報みたいな音しか出なくて情けなくなってあきらめた。

現在、僕の周りには、世界有数といってもまったく過言ではない超絶技巧のギタープレイヤーが多数いる。

彼らを間近に見ていて、これは断言できることであるのだけど、楽器というのは実に、『神様は人間を平等になど作っちゃいない』と教えてくれるに最も適したアイテムなのである。

僕は個人的に、人が表現者として世に出るのに必要なのは才能と運と継続、この三つだけだと思っている。

継続だけは誰にでもできる。

運は天のみぞ知る。

才能だけが、それぞれに自己審査のできるアイテムが用意されているのだ。

音楽ならそれは楽器だ。

中でもギターはわかりやすい。

エレキでもアコギでも1台買うなり借りるなりして、レッド・ツェッペリンの「天※国への階段」の譜面を用意するだけだ。

譜面は素人でも読むことのできるタブ譜※でよい。

そして2時間。

たった2時間あればいい。

2時間、「天国への階段」をコピーしようと試みる。

2時間後に誰かに来てもらい、コピーした曲を彼の前で演奏し、「ま〜なんとか形になってるね」と言ってもらえたら君には才能があるかもしれない。

逆に「すごいね！　前衛音楽を始めたのかい⁉」と彼が感動したなら、アウトだ。

君は長い長い人生のわずか１２０分間で、〝輝き〟が自分の中にないことをむごいほどに知ったのだ。

でもむしろそれは、勘違いせずに生きていくためのいましめを神様とギターが教えてくれたのだと感謝すべきことなのかもしれない。

僕も中二でアウトを宣告された者の一人である。楽器のみならず、今まで何度アウトをくらってきたことか。さまざまなアウトを友として生きていくのが人間である。

「え、大槻さんって…そうですか、ギターは弾かないんですかぁ」

「そうなんですよ全然ダメで。でもギター見てるのは好きなんで、一本、お部屋のインテリアにいいかなぁ…なんて、あはは」

「インテリアなんて、だったら今から始めたらいいじゃないですかぁ、ギター」

若い女のコはシレッと無邪気にそういうことをオーバーフォーティーに言うのだ。

「いやいやいや無理です。もう、遅いよ」

「そんなことないですよ。私もピアノはやってたんですけどギターは最近で、でも意外とできますよぉ。楽しいですよぉ」

ああ、このコは天国への階段を登ることができる側なのだな、と思った。

「大槻さん、今見てらしたそのギターですけど」

「ああ、ゲイン？」

「いえゴダン」

「え？」

「ゴダンというカナダのメーカーのギターなんですけど、エレキギター感覚で弾ける※エレアコなんですよ。エレキギターとアコースティックギターの中間ですかね」

「…はぁ」

「あ、ちょっと待っててください」

女のコは僕とゴダンを置いたまま、店の奥にパッと走っていくと、何冊かの本を持ってまたパッと戻って来た。

「初心者用のギター教本もかなりいっぱい出てるんですよぉ」

若い女のコが、無邪気にそういうことをもうすぐ44歳に言う。

「そうですか…あ、アレだ。やっぱり『天国への階段』のタブ譜とか載ってるの？」

「え？　ああ…は、ないっすねぇ。※レミオロメンとかなら載ってますよぅ」

「え？　レミオ？　レミオ…何？　メロン？」

「レミオロメンですよぉ」

「ああ…で、これが…ゲイン？」

「ゴダン」

「ああ…そう…そうなんだ…あの、もう一回、レミオ…何？」

レミオメロ…いや、レミオロメンなる若者に人気（『もうちょいちょい私的には懐メロですけどねぇ』と若い女のコは言った）の楽曲譜面の載ったアコースティックギター教本と、ゴダン社製のエレクトリックアコースティックギター「※A6Ultra」を購入して、国道246号線を越える陸橋を渡って、帰宅した。

教則本を開くと、レミオロメンの他にもコブクロやゆずなどの譜面が載っていた。

もうすぐ44歳は、1曲としてそれらにまったくもって聞き覚えがないことに愕然とした。サザンの「いとしのエリー」が載っていると気づいた時には、思わず「おお、知ってる!」とつぶやいてしまった。

ゴダンを抱え、コードをおさえる指のポジションを図で説明するダイアグラムをたよりに、冬の夜に一人、音を鳴らしてみた。

もちろん、電車発着時のメロディーが他ホームで絡み合っていびつにまじり合う不協和音のようなものしか鳴らなかった。

がっかりである。

ギターに挫折した中二の頃に戻ったようなわびしい気分になった。

「いとしのエリー」はまさに僕が中二の頃に流行《はや》った曲だ。

一コード弾く度に、自分の中に輝きは無いとわかってしまった10代のしょんぼりとした気持ちが蘇《よみがえ》る寒い真冬の夜だった。

教則本の横に絵本が転がっていた。

『…でも、まあ』ともうすぐ44歳はそれを見て思う。

この教則本に「天国への階段」の譜面は載っていない。

それはつまり、神様が「もう人生も半ばを過ぎちまったんだから、オマエちょっとくらいは勘違いしても別にいいよ」と言ってくれているのかもしれない、なんぞと。

そんな解釈もありかな、とか。

それにしてもゲインってなんだろう?

いろいろ思いながら、深夜まで「いとしのエリー」を弾き続けた。

ゴダンＡ６Ｕｌｔｒａ

ギターを購入したことについて書いている。

楽器に興味の無い読者がいるなら、用語などわからない点もあろうから、ギターというものについての、ほんの基礎的な（ほんの基礎的なことしか僕は知らない）知識を記しておこう。間違いがあったらごめんなさいね。


ギターはザックリ分けると三種類（実際はもっと複雑だが本当にザックリと言えば）。

エレキギターとアコースティックギターとクラシックギター。

ロックで※アンプで鳴らしてバリバリ弾いているのがエレキ。

フォークの人がジャンジャカ、あるいはポロポロつまびいているのがアコースティック、通称アコギだ。

エレキもアコギもスティールの弦が張ってある。

弦がナイロン製なのはクラシックギター。まさにクラシックの演奏家が「禁じられた遊び」とか弾いているのがそれだ。ナイロン製の弦を張ったギターはガットギターとも呼ばれている。

略称ガット。ガットとは羊などの腸のこと。昔は動物の腸で弦を作っていた。焼き肉店の「ガツ」もガットが語源との説もある。

アコギやガットは生音なので必然的に電気楽器に較べると音が小さい。

それで※ピックアップと呼ばれるマイクのようなものを積んで、シールド（コード）でアンプにつなげるようエレキ対応化する場合が多い。

最初からピックアップを搭載してあるものもあるし、後付けする場合もある。エレキ化したアコギ、ガットをエレアコ、エレガットとそれぞれ呼ぶ。

ピックアップの形式はさまざまだが、最初からエレアコ化、エレガット化されているものには、ピックアップの部分にボリュームの大小を調整するつまみと低音高音のトーンを調整するつまみ、そしてそれらをまとめて出力調整するゲインというつまみが装備されていることが多い。

「そうなんだ〜…これがゲインというものか」

ゴダンＡ６Ｕｌｔｒａの取扱説明書、そのピックアップについての部分を読んで、キャリア30年のミュージシャンは「はじめて知った〜」とつぶやいたものである。

「そういえばよくリハーサルなんかでメンバーやスタッフがゲインがどうしたとか言っていたけれど、こういうことだったんだ〜」

ガチでマジの驚愕《きょうがく》だったのである。

何年やってんだ。アホみたいだ。

しかし、この「アホみたい」というかアホそのものに音楽について知識がなかった、できなかったという状態が逆に、僕をそれこそアニサマやフジロックや武道館や、何より30年の長きに亘《わた》って音楽の現場に立たせ、導いてきた理由の一つなのではないかとも思うのだ。

何度も述べたように、僕はとにかく自己表現がしたいという想いから便宜的にロックバンドを始めた。

音楽をやりたいとはこれっぽっちも考えていなかった。80年代サブカル少年にはそういう輩《やから》はけっこう多かった。

だが始めてしまえば、すぐに誰しも、音楽というあまりにも大きくて分厚い壁にぶち当たり、ミュージシャンとしての自覚が生じるものだ。

当たり前だ。

ところが極々稀《まれ》に、自覚しないアホがいる。

たいがいアホは楽器が弾けないからボーカルになる（全てのボーカリストがアホと言っているのではもちろんない。極々稀の話である）。


アホは楽器は弾けないし音楽の知識も無いが、アホなのでステージ上でけったいなことをしゃべったりやらかしたりはする。

アホの奇行は時に人の目を引くことがある。

あのアホの奇行を見に行ってみようと見物人が集まることもある。

こういうアホの周りに、凄腕《すごうで》のプレイヤーが結集してくるという奇現象がロックバンドにはこれまた稀にだがある。

見物人を集めてきて、音楽についてさっぱりわかっちゃいないアホがいるなら、そいつを御輿《みこし》に乗っけておいて、自分たちは見物人に向けて好きなだけ自分らの求める音楽を自由に徹底的に試みることができるからだ。

たとえはアレだが、ちょっと頭が何なオッサンを尊師とか呼んでうやまう体にしておいて、周りの頭の切れる信者達が実に巧妙なテロをやってのける構図とでもいうか…本当にたとえがアレでしたね。スイマセン。でも、つまりそれに似た構図だ。

筋肉少女帯を始め、僕の周りに、神業の楽器プレイヤーたちが多い理由とは、そういうことなんではないかとずっと思っている。

アホと言うか、音楽的に〝かわいそうな子〟とでも言うか、『オレらが音楽の方はちゃんとやっておくから、オーケンは何も知らなくていいんだよ』という〝かわいそうな子〟に対する優しさだ。

ありがたいことだ。

なんという慈愛なのか。その裏に『変に大槻に知られるとやりにくくってしかたねえからよ』という思惑があるとしても。

『何てラッキーな御輿の上の我が人生』と思うこともある。

生まれながらの音楽の才能を持ちながら相応の実績にまだ達せずにいる人々がたくさんいることを僕は知っている。

『何かおかしいんじゃないかアヤシゲ尊師な我が人生』と感じる時もある。

死ぬほどの努力をしながら音楽の道から外れざるを得なかった人々だってたくさん知っている。

しかし、僕がどちらの人生であるとしても、とにかくもう半分を過ぎてしまったのだ。

ゴダンＡ６Ｕｌｔｒａは、エレキギタリストがステージでの持ち替えの時に違和感を覚えないよう、※ボディーや※ネックを細身に作った、エレキ風味のエレアコだ。ＣｏｇｎａｃＢｕｒｓｔと名付けられたこげ茶色のトップ（表面）の左上に、ピックアップを装備している。

エレアコは電気を通してアンプから出す音をメインと考えて作られているので、生音はカランとあっさりしたものが多い。

Ａ６Ｕｌｔｒａの弦をひっかくと冬の夜にカランと鳴った。カラン、カラン、カラン。

『これが弾けるようになったら、何かいろいろ、わかるようになったりはしないのだろうか』

ふと思い、でもすぐ『ヒマな学生か！　オレは』と、自分自身に突っ込んで、それでもまたカランカラン、冬の夜にひっかき続けていた。

まずコードCと、そして新宿渋谷から

「ギターをね…ギターを始めてみようかと思うんだ」

　そう言ってさまざまな仕事の現場でゴダンをギグケースから取り出して見せた時の、周りのギタリストたちの反応は、おおむね似たようなものであった。

「ん？　ギター？　ああ…」

　…そういうことを言い出すやつをオレは（私は）今まで何人も見てきた。わかってる。自分を変えてみたいとか新しい何かをとかそんなんだろ。続かない。わかってる。なぜならその思いつきは、自分は人生においてまだジャッジを受けていない、と考えたいからなのである。本当にギターをやってみたいと思っているからではないからだ。

　単なる思いつきであり、あがきなのだ。問題の根本は君が人生の何について今あがいているのか、なのである。ギターをやりたいか否かではない。だから、ま、しまえよ、その買いたてのギターを。

　と、「ん？　ギター？　ああ…」のたった一言とチロリ目線一つで彼奴《きゃつ》らはキッパり表してのける。これは僕の劣等感から来る被害妄想も多分にあろうが、いややっぱりそう思われた気がしてならない。

　メゲるものの、彼奴らの中にはギターの先生をしている者なども沢山いるから、『そ、そっすよね』と買いたてゴダンの身としては納得せざるを得ない。スゴスゴとまたケースにギターをしまおうとすると彼奴らは、例の、音楽的に〝ちょっとかわいそうな子〟を見る目になって「まぁまぁ」と制する。

「オーケン、じゃ何か弾いてみてよ」

「いや…何もまだ弾けなくて」

教則本に載っていた「いとしのエリー」はけっこうむずかしかったのだ。

「どんな曲を弾きたいの？」

「何か簡単な曲ある？」

「う～ん『※テレパシー』のサビとか意外に簡単かな。コードはCとDとG、あとEmくらいしか出てこないからね」

「本当…じゃあその曲を教えてよ」

「いいよ。歌詞カードがあればコードを書き込んであげるよ。ああ、あった。いい詞だね。作曲はこれ誰だっけ」

「オレ」

「へ？」

「…自分が作曲者」

「オレが作曲した曲のコードを人に拾ってもらう人には初めて会ったな」

筋肉少女帯とはまた別にやっているバンド・特撮の「テレパシー」という曲の作曲者クレジットは「大槻ケンヂ」である。


僕はこれまでに100に近い曲の作曲者としてクレジットされている。その作曲方法は主に鼻歌だ。思いついたメロディーを「ふふふーん」とかメンバーに聞かせてみせて、それでアレンジをしてもらうというお気楽なものであった。

それならばまだしも、「サボテンとバントライン」という筋少の曲に至っては、メロディーではなく歌詞の情景をメンバーやスタッフに演説してみせた。

「向こうから少年が馬に乗って走ってきます。背中に真っ赤なギター。馬がポ〜ン！と飛んだ！　はいここでサビが来ター！」

するとその熱弁を聞いていた当時のディレクターがポンと膝を叩《たた》いて「うん！　それいい！」と、薬品のCMソングに決定させてそこそこヒットしてしまったという…自分で言うが絶対に我がミュージシャン生活約30年は何か神がかって変なのだと思う。

それはもうコンプレックスとなって、ギターの一つも弾けるようになりたいと思うのも仕方の無いことだ。

「へっ～二人は～、っ～痛みもぉ～」

教えてもらった「テレパシー」のサビはなるほどさほどむずかしくはなかった。CとDとGとEm、押さえるのが比較的簡単な基本コードしか出てこないのがありがたい。最初にギターを手にした10代の頃とは違って、その後30年の間、凄腕のギタリストたちに囲まれて過ごしてきたことがよかったのだろう。しばらく弾いているうちに、鼻歌っぽくなら歌も一緒に、かろうじてだが歌えるようになってきた。うれしくって、いろんな音楽仕事の現場に行くたびに、ゴダンを抱えて「へっ～」と繰り返した。

どこの現場でもそんな44歳に対してギタリストたちは相変わらず〝ちょっとかわいそうな子〟を見守るかの表情でいた。あまりに僕がしつこく繰り返すのでいい加減ウザくなったのであろうか。ある時、楽屋で一人のギタリストについに止められた。

「へっ～二人はっ～痛みも～」

「大槻さん、違うよ！」

「えっ!?」

「大槻さん、※ストロークが違うって」

「ストローク。右手の振り。8ビートのはねるストロークは〝新宿渋谷〟じゃなきゃダメだ」

「し、新宿？　渋谷⁇　何？」

こうだよ、と言ってギタリストは自分のヤイリギター社製のエレアコで「テレパシー」をそれは見事に弾き始めた。※

こう歌いながら。

「〽ジャ〜ンしんじゅくしぶや〜しんじゅく！　ジャ〜ンしんじゅくしぶや〜しんじゅく！」

「な、何？　何⁇」

「リズムがはねる場合のストロークはジャーンジャンジャカジャカジャジャンジャカが基本。覚え方としてジャンジャカを『新宿』、ジャカジャを『渋谷』と歌うと覚えやすい。ホラ大槻さん、行くよ」

「え？　ん、はい」

「3！　4‼　ジャ〜ンしんじゅくしぶや〜しんじゅく！　ジャ〜ンしんじゅくしぶや〜しんじゅく‼」

「ジ、ジャ〜ンしんじゅくしぶや〜しんじゅくジャ〜ンしんじゅくしんじゅくしぶや
「ストロ…：」

〜」

「違う！　そこは渋谷だ」

「え!?　あ、はい！　ジャ〜ンしんじゅくしぶや〜しぶや〜」

「違う！　渋谷新宿だって」

「はいっ　ごめんなさいっ　ジャ〜ンしぶや〜しんじゅく！」

「違う!!　最初は新宿！　ジャ〜ンしんじゅくしぶや〜しんじゅく！　ハイッ！」

「すいません！　ジャ〜ンしんじゅくしぶや〜はらじゅく」

「原宿は出てこないっ！」

「す、すいませんっ」

自分の作った楽曲がC、D、E、Gなど記号で表せるとは驚きであった。ギターの基本がまず山手線の駅名の連呼であるなどとは夢にも思っていなかった。

というかもうこれは何の練習だかわからない。

『やっぱ、オレには無理かな』とつくづく思ったものだ。

「へジャーンしんじゅくしぶや〜よよぎ〜」

「隣り！　新宿!!」

ギルドD-25

誰にも、自分の人生をちょっとだけ変化させた友人というのが何人かいることと思う。

「笑っちゃうけどギターを始めてみようかと思っているんだ。マッヒー、今度合わせてみてくんない？」

と僕がメールした相手、マッヒーこと末飛登《まひと》氏もそんな人物の一人である。

2012年現在『週刊バイクTV』の司会やバイク関連のライターとして活躍している彼は、10数年前に2年間くらい、僕のマネージャーをやっていた。

それ以前は歌手をやっていたそうだ。ポップス演歌のデュオを組んでショッピングモールの営業などもしていたらしい。だがその活動はフォークやロックの出身である彼としては、いささか不本意でもあったようだ（？）。ある時、地下街の営業で切れて、唐突に西城秀樹の「ブーメランストリート」※を走り回って歌いまくり、それきりデュオをやめてしまったとか。

その後、喘息《ぜんそく》の発作で生死をさまよい、緊急入院。一命はとりとめたものの、さてこの先どうしようと途方に暮れていたところ、知人から「オーケンの付き人やらない？」と声がかかった。

僕もこの頃、人生途方に暮れていた。パニック発作、うつ、といったメンタルの病に苦しんでいたのだ。

病気の原因はつきつめるなら、ネガティブシンキングで長いこと生きてきた悲観・虚無発想の蓄積、ニヒリズムのつけがまわったことだ。

生きていればそんな時期もある。とはいえ、とにかく毎日沼の底にいるかの陰々滅々とした精神状態であった。仕事へ向かう車内では後部座席にいつも倒れていた。車窓を流れる空の様子をただ茫然《ぼうぜん》と見送っていた。

そんな時に現れた新マネージャーは、やたらににぎやかしい元歌手の男だった。運転席でずーっとつまらないギャグを連発する。

最初はなんだようるさいなと思っていたのだが、まったく止める気配を見せないのでついついバカ負けして「ぶっ」と噴いたところ、ハンドルを握りながら末飛登氏は「なんやこの人、笑えるやないの」と勝ちほこったように、自分もアハハと笑った。

「ケンちゃん、人生笑った方、遊んだ方が勝ちやでぇ」

コテコテと表現するのさえ陳腐なレベルの人生訓を開帳してみせたものだ。

だが、どん底メンヘラ状態にいた僕にはそのストレートさが心にやけに響いた。

「そうだよな、よし、笑ってみよう、遊んでみよう」

と意を決した。

シンプルなフォークギターを弾く彼と、彼の友人のギタリストと3人でTPM〈トゥーピュアーメン（純粋すぎる野郎たち）〉というフォークソングユニットを結成した。さらにもうけ度外視のツアー（マネージャーがそれに率先して加担したらダメじゃん、と今にして思う）を行った。

京都では高石ともやさんに招かれ、円山《まるやま》公園の夏の野外フェスに出演した。

「やった、夏フェス出演！」と盛り上がって行ってみたら永六輔《えいろくすけ》さんが年配のお客さんたちに植木を配布する渋いイベントだった。

純粋すぎる野郎たちは大いにビビったんだが、リハを始めるや高石ともやさんに怒鳴られたのにはもっと驚かされた。

「君たち！　それ違うよ!!」

日本フォーク史の重鎮がドドドッ！　とリハ中の我々に向かって走ってきたのである。

「な、なんですか高石さん!?」

「君たち！　それ違うよ。曲が違う！　今日のお客さんにその曲目は違うって」

何せ遊びのためのユニットであったし、初見のお客さんにもわかりやすいだろうからと、この日のTPMは懐かしのアニメソングばかりをアコースティックアレンジで用意していたのだ。

その受けねらいのメニュー作りは間違っている、と重鎮は怒っているようなのだ。

「今日のお客さんは耳が肥えている。だからそんな余興みたいなことは駄目さ。君たちのオリジナルを見せなければいけないよ。君たち、今すぐ演奏曲を変えてくれ」

「ええっ!!」

共演者にセットリストを変えろとオーダーされるなど前代未聞のことである。

三人揃って絶句した。

でも、すぐに僕はまた「プッ」と笑ってしまった。

どんなハプニングも、この旅に来て、それを笑ってしまえる自分の心の回復ぶりがうれしくなっていたからだ。

「わかりました高石さん。イベント全体の盛り上がりも考えての御意見でしょうから、了解です。曲目変えますよ」

「ありがとう、本当にすまないね…あ、でも」

「なんですか?」

「さっきやってた『一休さん』のアニメの歌、あれは残してくれないかな」

「え？　なんですか」

「好きなんだよ、あの歌」

と、高石さんは真顔で言った。僕は今度は声に出してアハハと笑い、笑いながら、確かに人生は笑った方が勝ちだ、と思った。

　それから10数年経って、末飛登氏はアコースティックギターを持って僕の前に現れた。

「マッヒー、『オンリー・ユー』のコード進行を人に教えてもらったんだよ。ちょっと合わせてみてくれよ」

「お、ケンちゃん、ええね。やろ」

「オンリー・ユー」は僕のソロアルバムに入っているパンクバンドばちかぶり※のカバー曲だ。

　シングルCDには真心ブラザーズが演奏してくれたフォークバージョンが入っている。G、B_7、Em、C、Am、Dしか出てこないシンプルな進行だ。

　たどたどしく（本当に）ならなんとかかんとか弾けなくもない。TPMでも必ずのようにやっていた曲だ。末飛登氏のリードに置いていかれないようにG、B_7、とフレットをおさえていく。

曲が終わると末飛登氏は「アハハ」と笑った。僕のギターの下手さにバカ負けの笑いが出てしまったのだろう。

やっぱダメかと僕が若干しょげていると、気分転換に、という感じで末飛登氏が、お互いのギターを交換して弾いてみようよと提案した。

「いいよ」と言ってゴダンを彼に渡した。

逆に彼から、ヘッドの大きいフォークギターが手渡された。

それを抱えてGをおさえてポロリと弾いた瞬間であった。

僕は「…ああっ」と声をあげた。

「…ああっ…これは…これって何？」

「ん？　何って、それ？　※ギルドのD-25」

「ギルド？　あ、ギターが？　でなくてこの音だよ。何これ？　豊かというか色っぽいっていうか、体に響くような…ああっ」

「音色？　あ、そうか、このゴダンはエレアコやもんね。あのね、ケンちゃん、純粋なアコギで弾くの初めてか。全然違うでしょ？　これにはまるとやばいのよ」

たまに人生をちょっとだけ変化させてしまう類いの輩がいる。末飛登氏がなんの気なく手渡したギルドD-25が、それからしばらくの僕の人生をちょっと、いやかなり変えるきっかけとなった。

やばい方に。

腕時計とアコースティックギター

40代は大いに惑う。ということを以前に書いた。40代はまた、惑う自分に腹が立って困る。

もういい大人だっていうのに、14歳の頃のように漠然と日々惑っている自分の制御能力の無さにガク然とし、イラ立つ。

イラ立つとさらに、感情のリミッターが外れて、深い憂鬱の方向へ向かうことがある。

憂鬱とはつまり、集中力なのだ。

集中力が心配や不安や、曖昧であろうと明確であろうと、当面の、先々の、あるいは過去の、何かトラブルの一箇所へ集約された時、憂鬱は生じてそこに自ら落ちてゆくのだ。

だから憂鬱にとらわれたくない人は、まずその集中力を拡散、あるいは別方向へ向かわせることだ。人によってはどういうわけか集中力の銃口が常に憂鬱に照準を合わせているから、自らの意志を用いて別へ向けるのだ。

では向ける先はどこがいいのか？

いくつかある別方向のうち、かなりくだらないし何より金はかかるが即効性のあるそれを一つ言うなら…お買いものである。

ズコッ！　とこけないでほしい。でも、お買いものは憂鬱へ向かう集中力を拡散させるにはとてもいい行動なのである。

特に、多少値の張る(自分にとってのレベルで)物を、どれにしようかこれにしようかと選択している時に、漠然と自殺について考えているやつはまあいない。自殺をしようとしている者でさえ死ぬ時に着る最後の服を購入しに出かけたら服を選んでいる間は死ぬことを忘れている。

集中力がお買いものの方向へ向いて拡散されているからだ。

「その金が無いから死にたいんだよ」という方には、うんと安価なものでもいいと思う。所有欲の刺激と金銭損失…選択のリスクが放つ脳内分泌物の快楽さえあればよいのだ。

ある程度お金もあるだろう40代の憂鬱を、大いに拡散させているグッジョブな商売の一つは、高級な腕時計を扱っている中古時計店である。

たとえば中野ブロードウェイには、怪獣フィギュアの店やまんだらけばかりでなく中古時計取り扱い店がいくつもある。常時、男性客でにぎわっている様子を見かける。ロレックスやフランクミュラーやオメガといった腕時計を、男たちは「これにしようか」「いやこれの方がよさげなんじゃないか」とウィンドーの向こうから乙女のようなピュアな眼差しでジッと何時間でも見つめている。

いまどき腕時計なんて携帯でも持ってりゃ時間分かるから別にいらないわけで、あれは一体どういう心境なんだろうと不思議に思っていた。ところがある時、どうにも憂鬱な時期、ふとそういう店に新宿でふらりと入ったところ、キラキラと時計たちが希望の光のように輝いて見えた。所有したくなり、しかし安くはないものだからどれを買おうかしらんと選んでいたら、頭の中が時計のことでいっぱいのよくいるオジさんと化し、乙女のように束《つか》の間浮かれ、しばし憂鬱から逃れた。死に至る病のごとき憂鬱に向かう集中力を拡散するための方法…お買いもの、を僕は発見したのである（ちなみにその時は結局ブライトリングのオールドナビタイマーを選びました）。

中古高級腕時計取り扱い店は沢山の40代の命を救っておられる。多少「…ちょっとぼったくられてるよな…オレ」と思う時はあれども、だ。街で見かけたなら手を合わせたい場所だ。時計店に向かいじっと手を合わせている中年…どんなキ○ガイかと思う。

ただ、言うても腕時計は時間がわかる。

所有して意味を持つ。

これがもし、所有したところで、まるで意味の無い対象に購買欲が向かったならどうであろう？ 憂鬱へ向かう集中力の拡散うんぬん以前に、それは単に散財というものである。

たとえば、ろくに弾けない40代がギターを買いあさる、という困った浪費である。

２０１２年12月現在、僕が所有しているアコギは7台。ザッと並べてみよう。

※ギブソンJ-50、※ギブソンB-25、※ギブソンJ-２００M、※マーティンM-36、※タカミネＰＴＵ５４１C、※アリアシンソニード　シースルーブラック、※ヤマハＳＬＧ１００S。

まぁこれだけでもギターの弾けないやつが購入していたならそうとうなムダ使いである。

ところが恐ろしいことに、これらには、購入した後さまざまな理由から手放したものを加えていないのだ。それらを加えたならばこうなる。

ギブソンJ-45、ギブソンB-25（現在所有しているものとは別の個体）、ギブソン

J-200M（現在所有しているものとは別の個体）、※ギブソンロバート・ジョンソンL-1、※マーティンOM-28V、ゴダンA6Ultra、ヤマハSLG100N。

合わせて14台。

オレは※クロサワ楽器のいいカモか、と自分に言いたい。

いやいやクロサワ楽器のみならず、東京、名古屋、大阪のほぼすべてのギターショップを巡ってのいいカモなのだけれど（なおさらどうかと思う）。

44歳の誕生日からわずかな期間でどうしてこんなことになってしまったのかと言えば、前回触れたギルドがきっかけなのであった。

元よりエレアコとして作られたゴダンとはまるで違う、アコースティックギターの、ボディーの箱鳴りと共に体へ伝わってくる振動に、まさに…笑ってしまうが…僕はしびれてしまったのだ。

「…ああ、い、いいっ…とろける…」

と、初めてチョコレートを食べた昔の人のように、うっとりとしてしまったのだ。

30年音楽の現場にいて、今さらアコギの音色にうっとりというのもどうかと思うが、そんなことが起こるのも40代というものなのである。ある時ふいに身近なものの価値やきらめきに気が付く。あるいは、気が付いたような気持ちを知る。

とにかくそれでたまらなくアコギが欲しくなってしまった。そういえば、お茶の水に楽器店が沢山あったような気がする。すぐに行ってみた。

大型楽器店に入り、「試奏させてください」と言うと、若い女性店員は「ああ大槻ケンヂさんですね。もちろんです」と言って、まず手にしたギター（マーティンのD-28だった。覚えている）をそれは上手にベロベロリ～ンと弾いてみせた。

『…この後に弾くのかっ』

カッと顔が熱くなった。

「どうぞ」

若い女性店員はきっと、僕がギターを弾けないことを知らない。

こんな達者な彼女の前で、〝ジャ～ン新宿渋谷新宿〟すらろくにできないオレ様が何を弾けというのかっ。

「…あ、やっぱりいいです。やめときます」

「え？　どうしたんですか？」

「ちょっとあの…ドラムのフロアから見ていこうかなと思って」

ドラムでならジャ～ン新宿渋谷新宿が叩けるとでもいうのかオレ様よ。

僕は帰宅するとすぐ、近所の町スタ※（個人練習一時間６００円）に入り、一人黙々とジャ～ン新宿渋谷新宿と、C→D→G→Emのコードチェンジ猛特訓を始めた。

そう、楽器店の試奏で恥をかかないための猛特訓なのである。

数日の特訓の後、再びお茶の水へ向かった。

背にはゴダンの入ったケースをしょっていた。「自分のと音をくらべてみたい」と言って、弾き慣れたゴダンでまず特訓を復習、その後に試奏した方が、より弾けている体に若い女性店員に見えるのではないか、という思惑からであった。

僕は、子供の頃から自意識が過剰なところがあるのだ。

「D-28、試奏させて下さい。あ、その前に自分のとくらべてみたいな」

ジャ～ン新宿渋谷新宿！　C↓D↓G↓Em！

無論、直後に会心のどや顔を決めたものである。

「…大槻さん」

「…はい（どや顔キープ中である）」

「あの」

「ええ（まだキープしている）」

「大槻さん、そのゴダン、1弦から3弦まで巻き方が逆ですね」

マーティンD-28のピックガードに、哀しみを帯びたどや顔40代の表情がぼんやりと映ったように見えた。

ギブソンB-25

その頃、まったく僕はアコースティックギターの試奏という行為に魅せられてしまった。

試奏をお願いすると、愛想のいい、あるいは逆に仏頂面の、さまざまな表情をした楽器店の店員が、僕の指差した一本を、※ネックの5フレットのあたりを握ってつかみあげてみせるのだ。

釣り上げられたばかりの魚のように人の手の握りによってギターが一時、宙に浮く。

そのボディーは赤茶けていたり木目も鮮やかな菫《すみれ》色であったり、あるいは一体何があったのかザックリと表面に無数の傷を有していることもある。

いずれにせよ幼女、もしくは人体の形をした伝説の植物マンドラゴラほどのサイズでありながらそのボディーは、成熟した女性の体のごときくびれを持ち、ものによってはもどかしい大人の女のくちびるのなまめかしさでつやつやと濡《ぬ》れたかのような光沢さえ放っている。

それほどの魅惑を有する美女を店員はさも無造作に膝の上に置く。

膝頭でポーンと音叉を打って耳に宛てがった後、アバウトにチューニングを合わせ、またアバウトに、彼女らの体調を確かめるかのように適当なフレーズを爪弾いてみせる。

無造作に扱われる彼女たちを見ている時、僕は明らかにサディスティックに興奮してしまうのだ。

色も形も声も異なるセクシャルな彼女たちがたくさん陳列されていて、どれでもそれが扱い慣れた者たちによって常時管理され、しかし、願い出れば束の間とはいえ抱きしめることができるのだ。

いや束の間だからこそ彼女の体を抱く行為が愛しくなる。

だから一瞬でも早く彼女をこの手で抱きしめたいと強く願う。『早く、早く』とさかりのついた犬のようにチューニングが終わるのをいやしく待つ。

そしてついに店員が「どうぞ」と言ってまた5フレットのあたりを握りしめて差し出した時にはもう、アコースティックギターは、長い黒髪を頭上でひとつつかみにされて、なすすべもなくダラリと重力のままに肉体を投げ出した裸の女に僕には見えている。

ところが、しどけなく僕の腕の中に抱かれたその女を、どうにも上手く扱う術《すべ》をしらないのだ。

下手をすれば一言「へたっぴ」と彼女にニヤリと笑って言われそうなくらい童貞少年のごとく無力な身は、ただひたすらにC↓D↓Eなどのコードを押さえることしかできず、あれ程に強く抱きしめたいと願っていた体をいざ抱きしめたら為すことも為せない。ただ、彼女の匂いに逆にこちらの思考・感覚を麻痺《まひ》させられてマゾヒズムに陶酔するばかりなのだ。

彼女たちの魅力の中でもその匂いは、音色さえ超えるくらいに重要なポイントだ。素材、メーカーなどによってこれほどにか⁉　と驚くほどどれも匂いが異なるのだ。

※ローズウッドを使った個体は森林を思わせる清々しさだ。※マホガニーのものはその森の奥に分け入ったかのような濃さを感じる。

※メイプルのものはまさにメイプルシロップのような甘い香りがする。

いずれにせよ、いつか昔に、もしかしたら夢の中ですれ違った、異性の髪や体の匂いを連想させるのはなぜだろう。

メーカーによっても匂いは明らかに違う。

たとえばアメリカの二大メーカーである※マーティンと※ギブソンに関して言えば、前者に対して後者は確かに、木というよりチョコレートを思わせる甘い香りを放っている。そして僕はそのチョコのような香りがたまらなく好きなのだ。

年代によっても差異は出る。

新しいものより古いもの、いわゆるヴィンテージ※と呼ばれるものの方が、なんというのだろう、まとわりつく感じがないというか、濃厚でありながらサラリとして、風を感じているような匂いだ。肌にさえ心地よく、簡単に言えば…エロティックなのである。

…ということを、ギターの弾けない輩が書くというのもまことに困った現象である。

さらに、そうやって匂いの優先順位に導かれて、いつしかヴィンテージの多く置かれたギターショップに入りびたるようになるというのは、実にいかんともしがたい行為と言わざるを得ない。

「どうですか大槻さん、このギブソン」

ヴィンテージギターショップの店員は、チェリーサンバーストカラーのギブソンB-25を抱えて〝うっとり〟している僕に尋ねた。

「…ああ、素敵です。でもド素人がヴィンテージって…どうなんスかねぇ?」

申し訳なさそうに僕が言うと、店員はそのことには応えず「これ、ナット幅がね」と説明を始めた。

「ナット幅…ネックの太さがね、この時代のギブソンはナローネック※と言ってとても狭かったんですが、少数、※レギュラーネックと言ってそんなに狭くないものがあるんですね。でね、これはそっちの太い方、だから珍しさもありますよ」と言って、ニヤッと笑った。

「はあ、この時代っていうと…」

「ギブソンは大体１９６５年くらいからがナローネックですね」

「て言うとこれは60…」

「これは66年です」

「66年…あ、同い歳だ」

「誰とです？」

「僕と。僕と同い歳です」

　１９６６年、昭和41年。

僕とこの赤黒いギブソンは同じ月日を生きてきた、40代の同級生だった。

一体、どんなことが40年以上の歳月の中にあって、今、こんなド素人の腕に抱かれることになったのだろうか。音を紡ぐ個体の長い日々は想像もつかない。

「いいじゃないですか同い歳」

店員さんは初めて、この葱《ネギ》を背負った鴨に対して『買っちゃえば？』という表情を顔に浮かべた。

「う〜ん…でも、大槻がヴィンテージのギブソン買ったなんつったら、周りの手練《てだれ》たちに大笑いされちまうしなあ…ちょっと考えさせてください」

そういって僕は店を出た。そして神保町《じんぼうちょう》、お茶の水の街をまた別の楽器店目指して性懲りもなくトコトコと歩き始めた。

66年製のギブソンB-25は確かにいかしていた。

60年代当時、若者も手の届く廉価のギターとして作られていたB-25は、形も女性にも扱い易いよう、アコギの定番サイズである※ドレッドノート型より一つ下の※オーディトリアムと呼ばれるコンパクトなサイズになっている。

ギターを女性に見立てて手に余して困っている童貞状態の身にしてみれば、その小ぶりなサイズは、スッポリと腕の中に滑りこむような抱き心地の良さを感じた。それに匂いも。66年のB-25は文句なくエロかった。

『この無機物を〝エロい〟と感じる感覚ってなんなんだろう？　アレかなぁ？　40代になって性欲がガタッと下がって、ポッカリ開いてしまった心の穴を、何か他の物で埋め合わせようという、中年期特有の無意識の、性欲の代替行為なのかもしれないよなぁ…いずれにせよとにかくまぁ、弾けないやつがヴィンテージってのはなぁ…』

やっぱなぁ…と、頭の中がB-25のことでいっぱいになっていた僕は、デニムのポケットの中で、僕とあの店のB-25と同い歳の、古い友人からのメールが届いた振動に、しばらくの間、気が付くことができなかった。

この世との別れを暗示させる友人からのメッセージに気づくことができなかったのだ。

よろこびとカラスミ

小学校五年の時に、クラスに転校生が入った。

小柄で美少年な彼はハバくんという名であった。まだ友達の出来ない内は長いまつ毛をふせて机に黙々とランボルギーニ・イオタのとても緻密な絵を描いていた。ところが、体育の授業になるや50m走で、学年一足の速い青木くんをスカッと抜き去り一躍ヒーローとなった。その直後、青木くんは、号泣した。

昼休み、その謎の転校生が、ロックバンドのキッス※について語り合っていた僕とウラッコのところにやおら近づいてきて「うちにシンセサイザーがあるから、君たちロックを聞くなら今度見に来なよ」と言った。

当時シンセサイザーなんてものは※冨田勲くらいしか持っていないと思っていた小学校五年生は仰天した。さらに「シンセで曲も作っているんだ」とシレッと言ってのけたスーパー転校生を口アングリで見返したものだ。

ハバちゃん（青木くん抜き去りによってすでに彼に対する同級生たちの呼び方はそう変化していた）は僕に、その後の僕の人生を大きく変化させることとなる、ロックというテーマ、を教えてくれた者たちの一人だ。

ロックのみならずクリエイティブなことに対する彼からの影響はとても大きかった。特に作詞においては「※井上陽水を勉強するべきだ」と何度か念を押された。小学校五年生が同級生に、教室や理科室で陽水必聴論を説いたのである。

「陽水のようにアイロニカルでシュールであるべきだ、作詞は」

とハバちゃんはそう言って、「※氷の世界」「感謝知らずの女」「限りない欲望」といった井上陽水の詞を自ら歌って聞かせるのであった。

成績も抜群によかった彼は私立の中学に入学した。公立にすすんだ僕とは学校が離れた。疎遠になってしまった。

連絡を取らなくなった理由の一つは、彼のさまざまな才能に自分はまるで釣り合わないとの、諦念のようなものが僕にあったからだ。

彼はおそらく、何らかの表現、おそらくは音楽によってやがて世に頭角を現すこととなるだろう、ウラッコもそうだろう。それに対して明らかに彼らに劣る自分はこの先どうなるのだろう。

どうにもならないのだろう。

そう思うと、彼らと連絡を取る気も失せていった。


それからポンと時は30年近く飛ぶ。

ある時、音沙汰の無かったハバちゃんが僕のライブにひょっこり来てくれたのだ。お互いに40代になっていた。

「久しぶり！」と驚く僕に、彼は逆に驚いたように後ずさりして「今日は俺、熱が38度あるんだ。また来るよ。あ、これ」と僕に一枚のCDを渡すとそそくさと帰ってしまった。

かつての美少年の面影は残しつつも、おどけてその場をとりつくろうかの様子であった。

渡されたCDのジャケは、学生服にサングラス、初期の井上陽水さんを彷彿《ほうふつ》とさせるアフロのヅラをかぶったあやしい男が、通学の女子学生をのぞき見ているというなんともふざけたデザインだった。『女子美』とのタイトルがつけられていた。

アーティスト名は、池の上陽水、となっていた。

池ノ上でハバちゃんは、ライブのできる小さなバーを経営していた。同時にインディーズ・ポップスのレーベルを運営していた。自分もそこから池の上陽水の名義で『女子美』『よろこびとカラスミ』の二枚を発売している。どちらも名盤だ。アイロニカルでシュールな歌詞で上質のポップスが収録されているのだ。

『女子美』には英訳詞された井上陽水の「限りない欲望」がカバー収録されていた。

薄暗い地下の店に彼をたずねると、彼はとても美味いカレーを出してもてなしてくれた。

「滅茶苦茶美味いね！　ハバちゃん」

「もともとここでカレー屋をやってたんだ。でもやめちゃった」

「こんなにおいしいのに。地下だから立地が目立たなかったのかな」

「いや、評判で行列のカレー屋になったんだよ」

「え？　じゃ、なんでやめたの？」

「行列のカレー屋なんて、忙しくてやだ」

と言って、ハバちゃんはニコリと笑った。

何をやっても器用な人間が、自分の器用を持て余して現世と乖離《かいり》して居どころを決めかねている。そんな印象が約30年ぶりに再会した友人に対する僕の印象の一つにあった。

再会後、僕のライブに何度か彼は池の上陽水としてゲスト出演してくれた。

『氷の世界』を共に歌おう」ということになった。

ところが彼は間奏で吹くはずのトランペットを持ってき忘れてしまった。そんなもの、普通忘れる方が難しいのだが。

「ごめんごめん、本番までにオモチャのトランペット買っとくよ」と笑う。

オモチャで代用もどうなんだそれ？ と思いつつ、まぁいいかと思って待っていたところ、本番になって登場した彼の両手にはオモチャでさえない、椰子《やし》の実が一つ抱えられていた。

それにストローを挿して、トランペットを吹いているていでチューチューと間奏の間、客の前で美味《おい》しそうに吸い始めたのである。

これには筋肉少女帯の大槻ケンヂも仰天のあまりリアクションが取れなかった。て言うかこの高度過ぎるボケに対してのリアクションの正解はこの世に存在しないのではないだろうか。

それよりあの謎のスーパー転校生であった美少年の、そのキャラの変わりように驚いてしまった。

「何があったの？」

と思わず終演後に尋ねてしまった。

いろいろあったそうだ。

語れば長いがともかく今はあんまり体調のよくないところがあり、もうじき何度目かの入院をする予定なんだよ、とハバちゃんは椰子の実を抱えながら笑顔で僕に楽屋で答えた。

言葉通り彼は入院した。

入院先から何度か、入院生活はこんなだよといった写真付きのメールを送ってきた。

「お互いがんばんないで適当に生きよう、もう中年だし」

と言ったようなことを打って返信した。

彼からの最後のメールは、ぼくがお茶の水でギターを買おうかどうしようか考えている時に送られてきた。

ギブソンのヴィンテージにしぼりこみ「でもなぁ、どうしよう」と悩んでいて、届いたことに気付くのが遅れてしまった。

開いたところ、自分はもう長くはないと思う、オーケンと一緒にやったライブ楽しかった、ありがとう、というような内容の文面が液晶画面に現れた。

入院先は知らない。メール以外に連絡先もわからなかった。

それよりその時、真っ先に僕が思ったのは、40年以上生きてきた一人の男のその人生に対し、真っ向からそれを否定するべきではない。ということだ。でも何か、彼に明日以降のことを提示してみせなければならない、とも思った。だから、

「今、ギブソンを買おうか迷いながら散策しているところ、もしギターが弾けるようになったら、また一緒にライブやろうよ」

とだけ返信のメールを送った。

メールを送ると、僕はさっきまでねばっていた中古ギター店に踵《きびす》を返した。そして、40年以上生きてきたギブソンB-25を買った。僕達と同い歳の。

トリスタン諸島

なぜ自分だけが生き残ってしまったのだろう。

40代になってから、同世代の誰かが亡くなると、必ずといっていい程にそう思うようになった。

それは交遊のあった友人知人の場合でもそうだ。まったく面識の無い、遠い国の同世代の人であったとしても同じだ。

「彼がこの世を去り、自分は生き残った。そこに何か意味はあるのだろうか」

てな、何やら哲学風味な、因果関係を求めようとするのは、多分に40代という年齢に起因するところがあるのではないかなと思う。

50代以上となれば、死はおそらくリアルだ。

10代20代にとっては幻想的であるし、30代ではもうひとつピンと来ない。

その狭間《はざま》にいる、メメント・モリがプチリアルである40代は、死に接した時、そろそろ、死が意味するところの生を自分の中で価値として基準立てしようと試み始める。

その想いが、時に他者の不意の死を、自己を中心に後々意味合いを帯びてくる事項として捉えようと無意識に試みるのだ。

試みて、言葉となって「なぜ自分だけが生き残ってしまったのだろう」と口をついて発せられることとなるのだ。

池の上陽水ことハバちゃんの葬儀は、ウラッコの時と同じ会場で行われた。

同じ小学校の同級生だもの、学んだ場所も、送られる場所も、区域は一緒なのだ。

会場には沢山の、ハバちゃんの友人が参加していた。

40代と思われる、僕と同世代の人々が、突然の友の死を悼み、うつむいている風景がそこにあった。

それを見た時に僕は、多くの友人がいたハバちゃんの短かった生涯を、彼とウラッコと自分との三人のみにくくり、その中で「自分だけが生き残った」などと考えてしまう自分のエゴを、心の底から恥じ入った。

自分に都合のいいくくりで二人の若き死を、自分のこれからの人生の、何か意味合いとしてモチベ化しようと考える、人としての浅はかさ、したたかさ、計算高さが情けなくてならなかったのだ。

しかし、それでも「なぜ自分だけが生き残ってしまったのだろう」と思ってしまう自分がその日、斎場にいた。

はるか昔、音楽という共通のテーマによって、束の間ではあったけれど、同じ方向を見ていた三人の少年たちが、その後、違うところで懸命に生き、その内の二人が志半ばにして天に召された。

そして、何をやっても一番ダメだった者が、唯一生きる者として今、斎場にぽつんと呆《ほう》けた表情で立ち、途方に暮れている。

なんだこれは？

どういうことだ？　どうしたらいいんだ？　どうすべきなんだ？　意味はあるのか？

「そのギターケース、そちらに置きましょうか？」

声をかけてきた喪服の男性があった。

僕と同世代に見えた。

式の手伝いをまかされている故人の友人のようだ。

小学生の時の友人だった僕などに比べ、明らかに生前のハバちゃんとは長いこと親しくしていた方なのであろう。

ピックアップを付け加えたギブソンB-25をギターショップから引き上げた足で斎場に向かった僕は、60年代製のボロボロのケースに入ったギターを抱えていたのだ。それを、会場の端に寄せてくれようと声をかけてくれたのだ。

「あ、すいません、じゃ、お願いします」

「ええ、そちらへ。あ、大槻ケンヂさんですよね。ハバ君の小学校の同級生」

「ええ、そうです。この度は…」

「本当に、本当にね。何とも…あ、追悼ライブも企画されているようですよ」

「ああ、彼はいい歌をたくさん歌ってたから、僕はCDを聞いてすごいファンになったんです」

「ええ、彼らしい曲ですよね。彼らしいって言えば、ハバ君ね、自分の追悼ライブの演奏者の出演順番表を、亡くなる前に作っていたんですよ。まったく、あの人らしい」

アハハ、と小さく笑った。

「そうですか…あ、あの」

「なんですか大槻さん」

「あの、ちなみに、それに僕の名前は入っていましたか？」

ちょっと『しまった』という表情をして彼は「ああ…なかったですねぇ」と言った。

「そうですか、そうですよね」

「大槻さんは忙しそうだから、彼、きっと気を遣ったんじゃないですか」とギターを運ぶのを手伝ってくれた同世代の彼は言った。

40代という年齢的な要素が思わせているに過ぎないとしても、なぜ自分だけが生き残ってしまったのだろう、と考える自分がいて、その意味を見いだそうとしている。

次の日、ピックアップをのせ、セミ・エレアコ化したギブソンB-25を持って、僕は町のアマチュアの方々が練習する音楽スタジオに入った。

友人にお願いして、池の上陽水の楽曲を、簡単なコード譜に起こしてもらっていた。弾けるようになったなら、友であり、すばらしいミュージシャンであった彼の美しい曲を、いつでもどこでも、僕が生きている限り、歌って、人に知ってもらうことが可能になるだろう。

たどたどしくコードを追いながら、歌詞も目で追っていった。

すると今さらながら気が付いたことがあった。

池の上陽水の詞には、眠り、睡眠、その、あたたかなまどろみと安息の中に身も心も投じてしまいたいという内容がいくつもあったのだ。

たとえば「よろこびとカラスミ」では、夜の知らない町で寒さから目覚め、また眠りにつきたいのに「よろこびの神様」が、自分を非情にも覚醒させ続けるのだと悲痛に歌っている。

また「ｃｏｙｏｔｅ」では、「眠りなさい眠っていなさい」と何度も呪文のように繰り返し、「起きててもここにいい事は来ないから」と絶望的に告げ、また眠りなさい眠っていなさいと安息を願う。

そして「トリスタン諸島」に至ってようやくついに「抱いてくれたから少し眠れたんだ」と喜び、束の間の眠りを与えてくれた者に対し「話してもいいかい　青く澄んだ夢さ」と楽しかった日々の思い出を語り、眠りをもたらしてくれた者に感謝を述べる。

同じ年月を生きてきた者が、ただひたすら眠りの中に救済を求め続けた。

そして本当に、永遠の眠りによってやっと休むことができたのか、と思ったなら、もう言葉が出なかった。

ああっ！　と町の小さな練習スタジオの中で絶句したきり、コードを追うことだけはやめてはならないとギターを弾き続けることしかできなかった。

「トリスタン諸島」にはまた、こんな一節があった。

「あなたの年を越え何故に生きるの」

なぜ自分だけ生き残ってしまったのだろう。

それは、ハバちゃんやウラッコといった特定の者たちに向けてというよりも、40代という、そろそろ死が現実のものとして認識されるようになってきた世代のかかえる、必然の疑問なのだ。

40代、一人町スタ

…で、それで…何が「で、それで」なのか自分でもよくわからないが、僕はライブを目標に弾き語りの練習を始めることにしたのだ。

練習方法はジャッキー・チェンから教わった。

ある時テレビを観ていたら、「どうしたらカンフーアクションが出来るようになるのですか?」とのインタビュアーの愚問に対し、ジャッキー・スマイルを維持したまま彼は「トレーニング、トレーニング、トレーニング」と三回くり返したものだ。

ブルース・リーとジャッキー・チェンの言う事に間違いはないと信じて少年期を過ごした世代である。親や教師よりヌンチャクや酔拳の出来る大人の言葉が重要だった。40代になっても恥ずかしくなるくらいにそれは変わらない。

とにかく練習することだとジャッキー・チェンが言っているのだ。

朝、目覚めたらまず近所のスタジオに電話を入れる。

「すいません、本日当日予約で一名リハ入れる時間ありますか?」

「はい、×時から×時までなら」

「では×時から1時間で、※シールド2本マイク1本レンタルお願いします」

「はい、では会員番号とお名前お願いします…ってオーケンさんですよね?」

電話の向こうで若い女性店員が僕に尋ねた。

このところほぼ毎日個人練習に入っているので、もう予約の電話の声で僕からだとわかるのだ。

スタジオはアマチュアバンドが使うようないわゆる〝町スタ〟である。

町スタは当日に予約するとグッと料金が安くなる。それを待っての早朝予約なのである。いやいや、節約は重要なことである。とても重要なことである。僕は初心者なのである。

町スタのロビーにはいつも若者たちがたむろしている。

ギターケースを横に、次のライブのことや、「結局さ、俺らが※レッチリを目指すのか、レッチリを越えるのかって問題じゃない？」などと語らっている彼らの背後から「すいませんすいません」と受付へ分け入って、シールド2本とマイク1本の入ったプラスチックのカゴを受け取る。指定された部屋へ向かうスタジオの廊下にはバンドやコンテストの告知ポスターがたくさん貼られている。

その中の一枚に「オヤジバンドコンテスト」のバンド募集のチラシがあった。

「オヤジでもロックしたい！」とのコピーの下に募集の対象年齢が記されていた——35歳以上…弾き語りの練習を始めたころにはそろそろ45歳の誕生日が近づいていたから、オヤジバンドコンテストの出場資格よりも10歳近くも僕は長生きしてしまったのだ。

※ブルース・リーは33歳で死んだ。

※フレディ・マーキュリーは45歳で死んだ。

※ジミヘンと※ジャニスは27歳、※尾崎豊26歳、尾崎豊の高校の同級生だった池の上陽水

は43歳、池の上陽水ことハバちゃんと小・中学校の同級生だったウラッコは41歳。生き残ったもうじき45歳は一人スタジオの重い扉を開け、ギターとマイクをPAにつなげる。マイクスタンドと譜面台を立て、そして膝のガードを両足に巻いてからギターをよっこらしょとかつぐ。

筋肉少女帯のハードなライブで膝をやってしまって以来、膝のガード・サポーターは必需品なのだ。デニムの上から両足にがっしり巻くと、鏡に映った姿は、ギターを抱えた大仁田厚《おおにたあつし》以外の何者でもなかった。

「激しい海流は街を流れ　僕の足を奪おうとするけど〈中略〉あなたの歳を越え何故に生きるの」

池の上陽水の「トリスタン諸島」などを、コード譜を追いながらたどたどしく弾き、歌う。弾き語りの練習は想像をはるかに越えてむずかしかった。

ボーカリスト歴30年にもなろうというのに、ギターを弾こうとすればそちらに神経が集中してか最初のうちはさっぱり声が出なかった。

歌おうとすれば逆に、「君はギターではなくてマグロ一本でも抱えて途方にくれているのかい？」と問われても仕方ないほどに両手の指がピクリとも動かなくなった。

するとマグロ一本を抱えた大仁田厚選手が鏡の前でボー然としているという、シュールな光景が昼下がりの町スタに現出するわけだ。

それでも、ジャッキー・チェンの教えの通り、トレーニング×3を繰り返している内に少しずつ、ほんの少しずつだけど、声が出るようになってきた。

しかし、弾き語り一人練習の最も難しいところは、声が出る出ないよりも、孤独感にいかに打ち勝つかということであった。

さみしい。

とにかくさみしいのだ。

40代が昼日中から一人っきりで町スタで弾き語りを練習していると、「生きてる者はいないのか!?」と叫びたくなるほどにさみしくて仕方がない。これには本当に困った。

さみしさは時に40代を感傷の海に放り投げる。特に「トリスタン諸島」を練習していると、「あなたの歳を越え何故に生きるの」、そして最後の「抱いてくれたから少し眠れたんだ　話してもいいかい　青く澄んだ夢さ」との部分を歌う時、センチメンタルはMAXとなる。それこそ40数年のさまざまな想いがこみ上げてくる。正直に言えば僕は何度か涙した。

つまり、ついにマグロ一本を抱えた大仁田厚が歌いながら泣いているという絶望的な光景である。

そりゃどんな新手のデスマッチなのか？　と涙しながらも、鏡に映る自分を見て思わず「ダハハ！」と笑ってしまった。涙しながらダハハと笑う。そういうところは器用なオレと言える。

気を取り直そうとロビーに出た。

その日も若いバンドマンたちでにぎわっていた。

高校生らしき少年もいた。※ESP製の鋭角なシェイプのギターを抱えて、器用に運指練習を繰り返していた。

「あの、すいません」

背後から声をかけられた。

振り向くと「研修中」のプレートを胸につけた若い女性店員が立っていた。

まだ20代前半だろう、微笑みながら一枚の紙を僕に渡そうとしていた。

『サインを求められたのかな』と思った。

やはり何度かこれまで、店員さんやリハに来ている人からサインを求められたことがあるのだ。

「あの、これ…」

「あ、いいですよ、若いのに僕のことなんかよく知ってるね」

「え？　は？」

「え？　は？　あ…じゃなくて？」

「え？　あ、あの、これを、どうですか？」

手渡された紙を見て、さすがのオーケンも絶句した。

「オヤジバンドコンテスト！　出場者募集要項」とそこには書かれてあったのだ。

ええっ⁉　ガーン！

「どうですか？　今、出演者募集中なんですよ」

しかも、若い娘はにっこりと微笑んだものだ。

「あ、いや…あの、アハハ、僕、ライブなんて生まれてこのかた一度もやったことないんで、無理っスよ。アハハハ、アハハハハハハハハ」

嘘を、ついてしまった…。

「そうですか」と言って女の子はオヤジバンドコンテストのチラシを引っ込めた。

「おつかれさま」と言って僕の手からシールド2本マイク1本入ったカゴを取り、受付へと去っていった。

「キャリアが何の意味も持たない仕事」と以前対談させていただいた時に、※ムッシュかまやつさんはロックミュージシャンという生き方についておっしゃっていた。

まったくムッシュのおっしゃる通りなのだろう。時代は流れ、人は移る。別に音楽でなくてもそれは同じことだ。

ただ、積み上げたキャリアが何の意味も持たないなら、逆に、人はいつでも新人でいられるということかもしれない。

新人。

そう、たとえ40を越えていても、ビギナーでいることができるのだ。

それはきっと、新人として新しいことを試みる機会が与えられているということなのだ。チャンスはいつもここにあるということだ。

町スタのロビーのテレビに、その頃よく見かけるようになったＡＫＢ48[※]という少女アイドルグループが歌い踊っている姿があった。

40代の目から見たなら、天界から天使たちが舞い降りたかの輝きに満ちていた。

「…ＡＫＢ48か…あ、こ、これだっ!!」

僕は思わず声に出して「これだっ!!」とつぶやいていた。マグロ抱えた大仁田厚選手の姿のままで。そうだ、これだ！

何かの表現を人が新しく試みようと考えた時、成功に必要なことが明確に三つだけあると思うのだ。

才能と運と継続である。

これは、表現者のはしくれたる僕の40代現在の結論だ。

最初の二つは個人差であり、もうどうしようもない。となれば、2／3の要素の欠けたものに残された可能性は継続のみということになる。継続だけを命綱に、しつこく食らいついていれば、ではどうなることか？

もちろん一流になんかはなれない。二流とまでも言えるかどうか。でも、〝なんちゃって〟と呼べる程度の、中の下、下の上、くらいにはなれると思うのだ。

それはなんとも哀しく、むなしく、むごい現実だが…人間ってそういうもんでしょ？

誰に対しての「そういうもんでしょ？」なのかまたまた不明だが。そういうものなんである。

２０１３年の2月、47歳の誕生日を目前に控えた僕は、単独弾き語りライブを行い、約20曲をギターを用いて弾き語った。

ではすっかりギタリストになることができたのかと言えば、いやいやこれ全然、それこそ〝なんちゃって〟ギタリストだったのである。

単純なコードストロークとプリミティブなアルペジオ※（指弾き）がやっとの〝なんちゃって〟弾き語りであった。

でも、そこがギターという楽器の特性であり良いところとも言えるかもしれない。練習の方法さえ押さえれば、誰でもギターは〝なんちゃって弾き語り〟くらいはさせてくれるのだ。

もしも読者の中に、〝なんちゃって〟レベルでもよいからギター弾き語りを始めてみたいという方がいれば参考にしていただきたい。才能はいらない。これを読んだことが運なのかもしれない。継続は、今からでも何歳からでも。しつこさだけあればそれで、なんとかかんとか。上目線でなしに。

まずギターを入手↓弾きたい曲の歌詞付きダ※イアグラムコード表を入手↓指の形を手が覚えるまで反復したなら、譜面を歌詞とコードネームだけのものに変更↓コードネームに左手が反応するようになったなら歌詞カードのみで演奏。

これだけ。どの曲もひたすらこれをくり返すのみである。ネットで「歌本　ダイアグラム」とか入れたらいくらでも練習のための本にヒットすると思う。

困るのは、ダイアグラムコード表が世間に流通していない種の歌である。つまり、あまりメジャーでない歌を弾き語りたいと考えた時である。残念ながら僕の歌のいくつかはそちらに該当する。

「なら、それオーケンに作ってあげるよ」

と申し出てくれたのは、もう約20年来の友である女性ミュージシャンであった。それだけ長い仲でありながら一度として共にライブを行ったことがない。その理由の一つは、彼女が海外のシャンソンやボサノヴァ、スタンダードを演奏する畑違いのミュージシャンであったからだ。

上手く、海外にも音楽修業の旅に出かけていけるほどの演奏家である。シンプルなダイアグラムコード表くらいはすぐに作ってあげられると言うのだ。昔から世話焼きで人のよすぎるところのある女性であった。

どのくらい世話焼きかと言えば、はるか昔、終電を逃した彼女が僕の家に一泊せざるを得なくなった。

仲良しだしお互い若かったし、『これもしかしたらもしかしてしまうんだろうか二人は…』と内心どーしよーどーしよーハラハラドキドキと思っていたら、「あ、そうだオーケン、最近ライブ続きでつかれてるでしょ」と言って、カバンから何やら湿布みたいなものを取り出した彼女が、僕の足のふくらはぎといわずかかとといわずペッタペタはりつけだして、みるみるミイラ男のようにしてしまった。

「毒素を出すよもぎ成分入りの湿布だよ。泊めてもらうお礼に、これで疲れをとって」

「う…うん…ありがとう」

10数年経った後、気付けばアラフォーも近くなった彼女がふいに「あの夜、オーケンは何もしてこなかった。やさしいよね」なんてことを飲みの席で言い出した。

「…いやあのね、よもぎシートを足中にはられまくった状態でエロい状況に持ってけるわけねーだろうがよ！」と言ったところ、「え？」目を丸くした。

「そうか、それもそうだね、言われてみて私、初めて気付いた」と真顔で言った後に彼女は「そうだよね、はられたら動けないもんね…キョンシーみたいだね」と、また も真顔で言った。

いわゆる、言ってしまえばちょっと天然なところもある。つまりやっぱり、〝いい人〟なのである。

「譜面を作ってくれるの？　ありがとう！　でも自分の方のリハとか大丈夫、時間ある？」

「私は…もう平気…いいの、いいんだ…大丈夫、それよりこれ『フライミートゥーザムーン』[※]でしょ？」

その頃、僕はギター教室にも通っていた。彼女が指さしたのは教室の先生から「宿題」として出されたスタンダードナンバー「フライミートゥーザムーン」のタブ譜であった。

「単純なコードストロークの弾き語りができるようになりたいんです」と授業の始めに申し出た僕に、僕と同世代の先生が「う〜ん…あ、そうですか、ではまずこれを」と言って渡してくれたのが「私を月へ連れてって」のボッサ版であったのだ。

「ええっ⁉　そこから⁉　何で？　でもオーケン、この歌は私もよく仕事で歌ったよ」

「英語ででしょ？」

「私のアレがちゃんと英語と言えたらね」

と彼女は少し自虐的にクスリと笑ってみせた。

彼女はその時、もう音楽をやめようかと思うとよく言っていた。

その理由の一つは「ネイティブな英語の発音ができないから、私はスタンダードでは通用しない」という、僕などからしてみたら遠い国の火事の話を聞くような、同じ音楽とは言え、まるで次元の異なる世界に彼女はいたのだ。

「ネイティブな発音ねえ…こんなのさあ、アレだよ適当な日本語を乗っけて歌っちゃえばいいんだよ」

と言って僕は、腰かけていた公園のベンチで、たどたどしく爪弾きながら、その場の即興で適当な日本語の歌詞を乗っけてフライミートゥーザムーンを歌ってみた。

「私を月へ連れてって　心だけだってかまわない　空に浮かべ　星に願い　私を月に連れて行って　体だけだっていとわない　きっと　行ける　イナザワー　アイラブユー…みたいな」

顔を上げると彼女が、「キョンシーみたいだね」と言った時と同じ、ちょっと驚いたような表情を浮かべて僕を見ていた。

そして翌週、彼女からドッサリとファイルに入れたダイアグラムコード表が届いた。

「わわ、すごい、ありがとう」

「これでバッチリ練習して。オーケンは、続けたほうがいい、音楽を。だって楽器ができなくてもピッチがどうでも、私にはできないことがアナタにはできるから」

ネイティブな英語の発音とかの問題ではないところ、まるで次元の異なる世界に生きているものの音楽との接し方・手法に、驚いたり感心したりするミュージシャンもいるのかもしれない。

ならば、プロミュージシャン歴20年以上の男が生徒としてやってきて、「そもそも全音と半音て…なんなんですか？」と真顔でたずねたなら『…そもそもミュージシャンって、音楽ってなんなんだろう？ ※テンションコードの効いたボッサジャズスタンダードは、自分と次元の異なる世界で〝音楽〟と呼ばれるものを20年以上やってきた同世代の彼に、一体何をもたらすのだろう？』と、つい考えてしまうギター教室の講師さんの気持ちもわからなくはない。異次元世界ではたして、自分が今まで音楽として認識しているものが何の意味を持つのか？

そしてそれはファイルいっぱいのダイアグラムコード表を異次元世界のミュージシャンにもたらす結果を生んだわけだ。

「オーケンはやるべきだよ。また、弾きたい曲あったら言って、作ってくるから。私も、やっぱりがんばってみようかな…」

しかし結局、彼女は音楽をやめてしまった。

それを境に、糸が切れたように、僕と彼女は連絡を取り合うことも少なくなった。現在では消息もわからない。

作ってもらったダイアグラムコード表付きのたくさんの譜面も、先に述べた〝なんちゃってギタリスト進化の過程〟の中で、徐々に、一枚ずつ使用されることがなくなっていた。

一枚一枚、ファイルから外されて、やがてなくなっていった。

そして今では僕の歌詞ファイルは、彼女に作ってもらったものとは全て異なるものになってしまった。

現在、新曲は、わずかばかりのお金を払って仕事として人に作ってもらうようになっている。

何かの表現で人が世に出ようと考えた時、成功に至る…月に昇るために必要なのは才能と運と継続の三つであると思う。

なんちゃってギタリストにしかなれなかったとしても、僕の場合、多少、〝運〟は、あったのではないかとも思う。

さまざまな人との出会いという運だ。

彼女がネイティブな英語の発音で歌おうとしていたように、私を月に連れてって…と全てのミュージシャンは思う。いや、ミュージシャンに限らず、人は誰でも毎夜それを願う。

がんばったがダメ

「がんばったがダメ」

それから約1年が過ぎた。

その間には東日本大震災もあった。コード譜を作ってくれた彼女とは、3・11の頃にはまだ会っていたように思う。余震の続く日々の中、『FOK46』と名乗って弾き語りのライブを始めようと思う」と僕が言い出し、彼女にポカ〜ンとされた記憶があるからだ。

「…オーケンがAKB48に入るの？」

「じゃなくて、FOK46…フォーク・オーケン46歳って意味さ。弾き語りの時の限定名称だよ」

「ふ〜ん…FOK46ね…センターは誰？」

「い、いや、一人だから。いやあのね、AKB48の女の子たちをテレビで見ていてね、彼女たちは、アイドルという過酷な仕事によって、諦念とか挫折とかなんだとか、なんとなく日々をボンヤリ生きてる人々のかわりに成長するためのっつーか、まあそうだね簡単に言って、人が現状から、一歩踏み出すための通過儀礼ってやつだよ。それを今リアルで毎日繰り返していると思うんだ、少女たちが。オレはもう46歳のおっさんだけれど、やっぱりさ、今の自分からまた一歩踏み出したいと思う部分では、一緒だと思うわけ、少女たちと」

「…オーケン、まゆゆだね」

「…い、いや、まゆゆではないけどさ、まゆゆ的な意気込みというかさ。ま、単純に『大槻ケンヂ（弾き語り）』でやるより最初はインパクトもあるじゃない。それで毎回、弾き語りやソロで活動しているミュージシャンをゲストにお招きして、アドバイス、いや、薫陶をちょうだいできたらうれしいかと思っていてね」

「たとえばどなたをお招きするの？」

「そうだなあ、まずは※石川浩司《こうじ》さんかな」

「FOK46」としての活動は、46歳の春から行われた。

第一回目のゲストは石川浩司さんであった。

パスカルズやホルモン鉄道などさまざまなバンド・ユニットでも活躍中の…というより「さよなら人類」のヒットで有名な元※たまのランニングの人、と言った方が世代の方には親しみやすいか。

※90年代バンドブームの頃、たまと筋肉少女帯は同じ事務所に所属していた。「イカ天」でブレイクしたたまは紅白歌合戦にも出場。ブーム終結の後は、元々の立ち位置であるライブハウスでのマイペースなライブを楽しんでいたが、メンバーの柳《やなぎ》原陽一郎《はらよういちろう》さんが脱退。柳原さんはその後たまとの関連を一切断ってしまった。たまのドキュメンタリー映画にさえ登場していない。ミュージシャンにはさまざまな筋の通し方があるのだ。ちなみに石川さんは「別にそんな気にしなくていいのにねえ」と笑っておられた。たまはそれからしばらく後に解散した。

石川さんはパスカルズのメンバーとして、外国の大きな音楽祭やフェスに招かれたりしながら、独自過ぎるソロ活動も行っている。

それはたとえば、彼の手作りであるという、なんだかわからない箱やオケや、とにかく叩けば音の出るものをあちこちにくくりつけ、足に車輪のついた「自走式パーカッション」を押して叩いて演奏会場中をねり歩き、さらに「ウヒッホッホ〜!」とか「ガーガッタ!!」みたいな、ハイレベル過ぎて常人には意味不明の言葉を叫んだりもするという、「こんな人を紅白歌合戦に出しちゃ絶対いけない!」と、国民総意で思うこと間違いなしのアヴァンギャルドなスタイルなのである。

もう、50も近いというのに「このはじけ方はなんだ!? 彼の自由さを見習うべきだ！」と僕は多大な影響を受けていた。

ＦＯＫ46との共演を石川さんは快諾して下さった。赤坂のライブハウスにてコラボを行うこととなったものの、結果としては時期尚早と言えた。

まず僕が一人ステージへ出て行って、ギターの弾き語りを始めたのだが…弾けない…全く弾けない手が動かない。

緊張してしまって、あれ程に一人町スタでリハーサルしたというのに、アワアワしてしまってどうにもならないのだ。

『これが通過儀礼かっ』

いやまったく、バンジージャンプのルーツであるどこかのアフリカ大陸の村の成人式にでも参加したかの心境であった。足首につた一本巻いて木の上から突き落とされる例のアレだ。

とにかく左手の指がギターのネックの上をぐにゅぐにゅすべるようなこの違和感はどうにかならぬのか？　右手の筋のこの急激な張りはストロークの乱れによるものか。

胸高鳴りハラハラとし、そのハラハラが観客に移っていくのがよくわかる。

『オーケン…いやＦＯＫがんばれ！』

『大丈夫よＦＯＫ!!』

ハラハラしながら観客が我が子の発表会を見る目になっていくのもハッキリわかっ

た。

メジャーデビュー約四半世紀の身であるというのになんたる赤っ恥。あまりに見かねたのであろう最前のお客さんが、手拍子でテンポをステージ上のミュージシャンに送り始めた。

『こうだよ！　ＦＯＫ！　ホラ、このテンポ』

しばらく心やさしき観客の手拍子を耳にしていたＦＯＫ46は、しかしハタとギターを弾く手を止めて彼に言い放った。

「リズムわかんなくなっちゃうから手拍子は禁止します！」

前代未聞のＦＯＫ46オレ様ルール。

言われた観客もポカ～ンとし、言った当人も『何言ってんだオレ』と反省した。もう会場全体がなんだかわからないモワ～ンとしたムードになったそのタイミングで、自走式パーカッションを叩きながら石川さんが「ハッホ、ヨッホ！」言いながら登場したものだから、さらにＦＯＫ46の初公演in赤坂、その夜はカオスとなった。

オケやらタライやらをポンカンならしながらブリキのおもちゃのように笑い踊る天才怪人、石川浩司さんの横で、ＦＯＫ46は脂汗を流しながら自由曲を歌った。

曲名は「がんばったがダメ」。

「がんばったけどダメだったよ　犬でも連れて　かなわぬ夢もあるんだね　散歩に行

こう」

間奏では僕と石川さんで「ワンワン！　ワ〜ンワ〜ン！」とオーバー40が揃って犬の鳴きまねを入れた。ＦＯＫ46が「みなさんも御一緒に！」とワンワンコールを強要したなら、「え!?　手拍子はダメで犬のまねはＯＫなの？」と当然の観客の困惑だ。

「がんばったけれどダメだったよ　散歩に行こう」

がんばったけれどダメでした。ギターも。

「石川さんが素晴らしいパフォーマンスで盛り上げてくれたのに上がっちゃってすいません」と終演後に石川さんにわびたら、石川さんはニコニコ笑って言うのであった。

「大丈夫だよ。ギターが下手な弾き語りの人ってのでやってけばいいんだよ」

なんだなんだその薫陶。

スココ〜！　とずっこけつつ、いやそのくらいの脱力こそが実際必要なのかもしれない。

ギターも人生も。それにしてもいかにも石川さんらしいアドバイスではないか。

まったくムダに力が入り過ぎていた。もう右腕がパンパンに張って痛い。

石川さんは手際よく自走式パーカッションを解体すると一つにまとめ「じゃっ」と言って赤坂の夜へ消えていった。

今夜はがんばったがダメだった。しかしＦＯＫ46の旅はもう始まってしまったのだ。

46歳の通過儀礼の旅が。

人間のバラード

石川浩司さんに続き、FOK46はその後もありがたい薫陶を受け続けた。

ピアニストの※三柴理《みしばさとし》氏からは、秋葉原でのジョイントライブの後「俺、ギターのことはわからないから、いいんじゃない？ 今日ので」とのお言葉をいただいた。

漫画家でありながらギター弾き語りに関しては30年の先輩であるみうらじゅん※さんからは「大丈夫だよ、大槻君MCはいけるから、歌のとこカットしてしゃべりのとこだけのCD作ればいいじゃん」綾小路きみまろのような、とのアドバイスを高円寺でのライブ後にちょうだいした。

まったく、まったくもって持つべきものは楽器の先輩であるなと思ったしだいである。

『でも、もうちょっと身につく助言をくださる方はいないものかしら』

そう思っていた矢先であった。

なんとあのエンケンこと遠藤賢司《けんじ》※さんから、御自身の65歳の誕生日ライブでFOK46をやってほしいとの直電をいただいてしまったのだ。

「オーケン、なんか弾き語りを始めたそうじゃない。ぜひ俺のライブでやってよ」

「と、と、とんでもない！　エンケンさんの前で初心者がギターなんて弾けませんよ」

もしエンケンさんの弾き語りのスゴさをまだ体験したことがないという読者がおられるなら、「不滅の男　エンケン対武道館」というドキュメント映画を観ることをおススメする。

観客を一人も入れていない日本武道館の中で、エンケンさんがアコギ・エレキの弾き語りをくり広げる唯我独尊の記録映像だ。その弾き語りのレベルは、説明するのがアホらしくなるほどの神技なのである。

「まぁいいじゃない。面白いよ。俺の65歳の記念日なんだ。がんばってみせてよ」

まぁ、そう言われてみればエンケンさんもとうに還暦越え。彼にしてみればまだまだ若い者が、ギターを始めたなどとは、誕生日のゆるやかな笑いに持ってこいかもしれない。

ここは一つ、なごやかであろうお誕生日会の余興役を買って出ようと、ギブソンB

−25を背負って渋谷へと向かったのである。

会場であるライブハウスの扉に手をかけ「おはようござ…」と言いかけたものの、僕のノンキな挨拶は爆音によって瞬時にかき消されたのであった。

「うおおおおおっ!!　あああああっ!!」

遠藤賢司65歳全身全力のリハーサル中であった。

ハードロック系ベーシスト&ドラマーをバックに、※グレッチのフルアコエレキをかかえた65歳は弦も切れよとかき鳴らし、※マーシャルアンプは強烈なフィードバック音を雷のごとく鳴らしているが、まったく負けずに、いやむしろマーシャル打ちのめして遠藤賢司は絶叫していたのであった…リハなのに。

『こ、こんなにパワフルな達人の前で一体どうしろっていうんだい』

「練習してきたんだろオーケン?　それをやればいいのさ」

と楽屋でエンケンさんは、リハとはうってかわっていつものおだやかな笑顔になって、そう、おっしゃるのであった。

「はぁ、そりゃもう昨日町スタでしこたまやってきましたけども…」

「がんばって。あ、それから今日はラストで『不滅の男』をみんなで歌うから、これ」

と言って、エンケンさんのイベントではライブアンコールで皆でセッションするのが定番化している、彼の代表曲の一つ「不滅の男」の歌詞カードをいただいた。

本日はエンケン・バンドと僕と、※戸川純さん、※山本恭司《きょうじ》さんと演奏することになっていた。僕は過去に何度もこの曲をセッションさせていただいているので、そうは驚かなかったが、初めてエンケンさんから、彼直筆の「不滅の男」の歌詞カードを渡された人は、しばし目が点となることであろう。

歌詞のあちこちに波線や傍線が引かれ、ことこまかに〝歌い方〟の説明が書きこまれているのだ。それはシャープとかリットとかそんな音楽用語などではなく、「ここでグッ！　と肛門《こうもん》をしめる」とか「爆発させるような気がまえで」などと、まさに〝気がまえ〟と、それに合わせた肉体の制御の方法が、肉筆の注釈でもって解説されているのだ。

不滅の男は思考のレベルが俗世間とはまるで異なっているのだ。

永遠に超えられない壁、と僕はエンケンさんを考えている。数多くのミュージシャンが同意することと思う。

〝壁〟は、「じゃあ本番よろしくね」サッと踵を返して去っていこうとした。しかし、二足ほど歩いてからふいにふり返った。言うのであった。

「オーケン、弾き語りっていうのはね、コードとかそんなのは後でいいんだ。大事なのはまず、絵を思い浮かべることだ」

「絵、ですか？」

「歌をね、その世界を思い浮かべて絵を描くつもりで弾くんだよ。歌うんだよ」

「は、はいっ！」

「じゃ」

また踵を返した不滅の男のその右手には、傷だらけのヤマハ製アコースティックギター、FGがガッツリと握られていた。

薫陶、いただきました。

そして本番。ゲストコーナーとなり、僕はギブソンB‐25を抱えてステージに一人立った。

Emから始まるストロークで、かき鳴らし、歌い始めた。言わずもがな、情景を思い浮かべて、心のキャンバスに歌詞世界をそのまま絵に描く気がまえで。

「死んでゆく牛はモー　死んでゆく猫はニャー　死んでゆくトラはガオー　死んでく象は…パオオオオオオオーッ‼」

…選曲を、『ミスったかな』と思ったものだ。

特に、心のキャンバスに描いた「パオー！」と鳴く象の絵は、リアルに描こうと思えば思うほど、象といって思い浮かぶ絵柄が僕の脳のストックにそれしか無いからなのであろう、どうしても、山上たつひこ先生のなつかしきギャグマンガ『がきデカ』※で、小学生警察官こまわり君が叫んでいた「アフリカ象が好き！」の際の、あのアフリカ象になってしまっていいかんともしがたいのであった。

絵に描くにはどうにもこまわり君に過ぎた楽曲「死んでゆく牛はモー」に続いて、Gから始まる2曲目は「人間のバラード」という歌であった。

「虫だ、また虫だ　人間のバラード　今後生まれたら人に生まれたい　人に生まれりゃ友だちできる　気さくな人とおしゃべりできる　人に生まれりゃ恋もできるの　やさしい人が抱きしめる　けれどまた虫だ　人間のバラード」

牛猫虎象の次は虫かい、て話である。

だが、この詞は人のリセット願望を歌ったものである。ギターが弾けるようになったら、何か日々の生活に変化が訪れてくれるのではないかと、40代にして思い付いた（40代だから思い付いたのかもしれない）男にしてみたなら、そもそも心象風景そのものである歌詞世界は、〝絵〟にしやすかったことだけは確かであった。

とは言え、もちろんろくにまともに弾き語れたわけではない。

だが、不滅の男からアドバイスをいただけただけで充分、実りのある渋谷の夜であった。

楽屋に戻ると山本恭司さんが「古いギブソンだね、ちょっと借りていいかな」と言って、僕のB-25を爪弾いた。

スーパーギタリストの手にかかると、B-25は今までとはまったく異なるなんとも美しい音色を奏で始めた。

山本さんによって引き出された我がB-25のポテンシャルのあまりの高さに僕は絶句した。

今度生まれたらギタリストになりたいと思った。

アフリカ象に生まれてパオーと鳴くのだけは勘弁だ。

ノドに引っかかった魚の小骨

FOK46はその後も弾き語りライブを行った。

そのうち「どーも最近、大槻ケンヂが公開ギター練習のようなものをやっているらしい」とのウワサが、ライブハウス界隈《かいわい》で広まり始めたようだった。

逆に、「うちでそのFOKなんちゃらをやりませんか?」と誘ってくださる店も出てきた。

「永島浩之さんとうちでライブどうですか？」

と声をかけてくれたのは江古田《えこだ》の小さなライブハウスであった。

「…ナガシマさん…あ、※いんぐりもんぐりの？」

失礼ながら最初、お名前を聞いて永島さんの人物像がパッと浮かんで来なかったのは、もう長く、音楽活動をされていない、との彼のウワサをどこかで聞いたことがあったからだと思う。

永島浩之さんは二人組ボーカルユニット「いんぐりもんぐり」のメンバーとして高校生の頃にデビューした。

若者向けテレビ番組の司会を務め、絶大な人気を得る。

武道館公演も成功させるが、どんなアーティストにもある人気の波の中でいつしか、僕の耳にはその名を聞く機会がなくなっていった。

ある時、フーリューズとユニット名を変えた彼らが、当時にしてはいささか時代遅れの感もあるパラパラ風ダンスに合わせて、コミカルな歌を歌っている姿をＭＶで見た。

お世辞にも経費のかかった映像とは思えず、そのチープな全体の雰囲気に、正直、僕は笑ってしまった。

それで「最近笑えたもの」として彼らの曲を自分のラジオ番組で悪気なく流した。

さらにスタッフが永島さんから僕へのコメントを録音してきた。

「大槻ケンヂさんは、デビューした時は僕らに敬語でしたが、売れたら急にタメ口になりました」

彼からのコメントはそれだけだった。

『え？　あ！　怒らせてしまった！』

と数秒後ハッと気付いたものだ。

当時、僕はタレント業に忙しく世間に顔のよく売れている時代だった。そういう者が、絶頂期とは言いがたい自分たちの活動を、見すかしたかのように、ネタとして扱ったなら、同じミュージシャンとして「それはちょっと違うだろ」と思うのは当然のことであると、なぜオレはそのことに気付かなかったのか、と反省したのである。

反省はノドに引っかかった魚の小骨のように長いこと消えることなく心に残り続けた。

小さな出来事であるけれど『どんな表現者の活動も懸命ならばそれを上目線で見てはならない』との当たり前の教訓を教えた大きな〝事件〟として、僕の中では忘れられないエピソードであったのだ。

「…永島さんですか…ああ、それはぜひやらせてください」

ライブ当日、真夏の暑い午後、タカミネのエレアコを背負って永島さんは現れた。どれだけ強く空調を回しても江古田の店は涼しくならなかった。僕と永島さんは汗をダラダラと流しながら再会の挨拶を交わした。

コメントの件をいつ切り出したものかとタイミングをうかがった。永島さんはニコニコしながらバカ話を連発する明るい人で会話の流れがそちらへ行かない。

タカミネをザクザクとストロークしながら、「最近また歌い始めてたんですよ」と言う。

「急にやめちゃったんですよね。何があったんスか？」

さまざまなことがあって、芸能活動をやめて、音楽一本にしぼったものの、環境の変化などによるストレスによって体調を崩し、２０００年32歳の時、音楽活動を休止、それからは倉庫でバイトをしたり、専門学校の営業のバイトをしていたのだそうだ。

「でも、また始めたきっかけって？」

「少し重い話になるんですが」と前置きしてから、永島さんはそれを語ってくれた。

彼の学生時代の後輩に、自分の店を持つことを目標としている整体師がいた。

彼は永島さんの音楽のファンであった。いつも「また歌ってくださいよ」と繰り返していたという。

「あー、わかったわかった。そのうちやるから」とその度に永島さんは受け流していた。

「そして、そいつが念願の店を持ったんですよね。そうしたらある日、共通の友達から『おい、アイツ』」

死んじゃったよ、と告げられた。

「施術用のベッドの組み立てをしてて、ベッドの板が倒れてきた。たったそれだけで……で、そいつのお通夜に行ったんですが、昨日までと同じ顔なんですよね。で、」

ごめん、と永島さんは、もうまぶたを開くことのない彼の顔に謝ったのだそうだ。

「『ごめん』と。これはもう逃げられないと」

お通夜の帰りにすぐ、昔世話になった音楽プロデューサーに電話をした。「またライブをやりたいんで力を貸してもらえますか」と伝えた、とのこと。

ギター一本でまた始めてから9年目になるのだそうだ。

「やりたいって気持ちからずっと逃げてたんです。ファンの人たちに『自分探しをして戻ってくるから』なんて言ってたのに、なにも探せない。バイトバイトで明け暮れて、今日の生活を維持してる自分がいた」

表現という行為は時に魚の小骨のようにノドに引っかかって飲み込めない異物と化す。

それをどうやって飲み込むのかは、各自が決め、試みなければならないことなのだろう。何歳からでも。

「欲がないわけではありませんが、もうそれまでみたいに迷わなくなったというか、お金も名声も手に入れてこそ成功、という考えもありますが、僕にとってはきちんとライブに出られて、最後まで歌えたらそれがもう〝成功〟なんです。だから、失敗なんてないんですよ」

と、僕のインタビュー集『40代※、職業・ロックミュージシャン』の中で彼は、彼なりの小骨の飲み込み方について語ってくれた。

「それにしても大槻さん久しぶり」

タカミネのエレアコを抱えながら汗だくの永島さんは改めて言うのだった。

ギブソンJ-50を抱えて僕も汗だくで対峙する。

「本当、久しぶりですよね。最初に会った時はお互いまだ20代？」

「そう、20代。今じゃお互いオヤジになっちゃって。あの頃はオレら若かった、アハハ」

「そう、若かった！　で、あのね永島くん、その頃、最初に会った時に…」

「あ、最初に会った時？　覚えてる。あの時は大槻くんはオレにすごい敬語使ってたんだよ。オレの方がデビューが先だから」

「そう、でも」

「そう、でも、筋肉少女帯がパーッと売れて、そしたら次に会った時、いきなり、すんげ～タメ口になってたの」

「そ、そう、だ、だから…」

「だからよかったんだよね」

「え？」

「だからそこがいいなとオレその時思ったんだよ。『調子のいいやつだな～、こいつ面白い！　こいつならいつかなんか一緒にやれんじゃねーかな～』と思って、それで今日一緒に弾き語りできるんだからうれしいですよ」

「…それほんと？」

「ほんとほんと」

「それマジで？」

「マジマジ」

なんで疑うの？　といった表情で永島浩之はタカミネのエレアコをジャキッ！　と一鳴らしした。

弾き語りを始めたら、ノドに引っかかっていた小骨のうちの一つが、飲み込むまでもなくスッと消えてなくなった。

H氏の店にて

永島浩之さんとのライブを終えた僕は、ギブソンJ–50の入ったギグケースを背負って、夜の町をさまよった。

「おかしいな、確かこのあたりにH氏の店があるはずなんだが…」

古い友人であるH氏が経営しているバーがその町にあると聞いていた。

友人は元々ベーシストであった。20歳くらいの頃、同じバンドで何度かライブをやったことがある。※フレットレスベースをブイブイいわせる、技巧派であった。「うまい！　きっと彼はプロミュージシャンとして表舞台でやっていくのだろうな」と思ったものだ。

ところが、あまり表に出たくない性分であったようだ。友人がCDを作ると言えば喜んで手伝うが、ライブには出ない。それでも誘うとプッツリ連絡がとれなくなる…といったようなことが何度かあった。ミュージシャンとしての彼を見る機会は徐々に減っていった。

人はミュージシャンと聞くと、その人生のモチベーションはプロになって売れてやがて武道館や東京ドームのステージで脚光をあびて…などと考えがちだけれど、意外にそんなこともないのだ。そういう夢を持つ人ももちろんたくさんいるけれど、モチベーションも夢も人それぞれなものである。

H氏は飲食店の仕事を始めた。商才があったのだろう、現在はその町にも彼のいるバーがある。それがH氏にとっては適したモチベーション、音楽との接し方だったということであったのかもしれない。

そして、20数年の歳月を経て今、僕は40代の弾き語り初心者として彼の店を訪れようとしているのだ。

表に出ないことで音楽との距離感を保った者と、表に出続けながら音楽との距離感がつかめず、40代からギターにヘルプしてもらおうと試みている者との邂逅《かいこう》。

H氏が、僕の内でそんなふうに意味付けされている邂逅に、どんな反応を示すのか…おそらく笑ってくれるだろう…イタズラ心もあって、事前にH氏には知らせずギターをしょっていきなり店を訪ねることにしたのだ。

「ん？　あ、ここか」

H氏の店は古い商店街にとけ込むようなシックな外観であった。何度か通り過ぎてから存在にやっと気付いた。

扉を開くと若い店員がポツンとカウンターに一人いるのみで客はおらず、だが静かに音楽が流れていた。

音楽と、ほのかな照明が疲れた身にとてもやさしく感じられた。

入口の近くの席に着いた。

J-50を傍らに置き、ビールとマッシュポテトを添えたウィンナーを注文した。

「あの、今夜はHさんは…」

と店員に問いかけようとしたが、マッシュポテトを一口食べてそれをやめた。やたらおいしかったからだ。ざっくばらんな作りではあるが酒とのマッチングも考えての味の加減が舌に心地良い。

「いい仕事してんなぁ」と思ったら、それは20数年前に渋谷※La.mamaの狭いステージで聞いたH氏のベースと一緒だ。彼はきっと、相変わらずだ。

それに会ったところで20数年ぶりの40代同士にさりとて会話のあるでもなし、相変わらずだとわかったなら料理でもういいじゃないか。夜も遅い、気を遣わせても悪い、そう思い、カレーも注文するとこれがまたうまかった！　当然酒も進む。

いい気分になったところで店の扉を開ける者があった。

振り向くとしかし、また別の若い店員であった。店員は増えたものの夜も深いバーに客は相変わらず僕一人だった。裏を打つスカのリズム。

「すいません、もう一杯」

あ、ちょっとけっこうオレ酔っぱらってきてるな、と思った時、ふいに携帯にメールが入った。女性からだった。

「オーケンお久しぶり。今日はいんぐりもんぐりの人とライブだったんでしょ？　ホムペで見たよ。おつかれさま。まさか君がギターを弾くだなんてビックリです。今、打ち上げ中？」

「H氏か？」

「お～！　久しぶり⁉　元気⁇　今、H氏の店で一人飲みしてるとこ。いい塩梅《あんばい》です」

「Hさんてなんとなく覚えてる。ライブどうだったの？」

「まだまだド下手。今日は弾いている時にフォーク調の歌なのに※モンキーダンス踊ってるお客さんが最前列にいるのが視界の隅にチラチラ見えて、『なんだオイ⁉』って思って歌終わってよく見たら、お客さんじゃなくてギターのネックから飛び出したギター弦がユラユラ揺れているのを人と見間違えていた」

「アハハハ。そんなことあるんだ。初心者ってスゴイね」

「ところで、何？　ヒマだった？」

「逆。すごい忙しい。寝れないくらい毎日大変。で、オーケン、またほしいものがあるんだけど」

「昔、靴をあげた」

「君はそれでいくばくかのお金をもうけた。私は1円ももらっていない」

「す、すいません」

「だからまたプレゼントを要求する権利が私にはあると思う」

「恐喝かいな!?　何？」

「なんだと思う？」

「なんだろう？　え？　もしかして…」


翌日、ロッカー風に言うなら〝ペイン・ウィンド〟、40代として普通に言うなら〝痛風〟の身であるというのに、しこたまビールを飲んでしまった自分を猛省（しかし、その夜もまた飲んだ）しながら筋肉少女帯のリハーサルスタジオへ行くと、サポートピアニストのエディこと三柴理が会うなり「昨日Hの店に行ったでしょ」と言って笑ったのであった。

「え？　エディなんで知ってんの？」

「Hから夜遅く『オーケンがうちの店に来てるらしい』って電話があったんだよ」

「え！　でも店員さん二人いたけど何も声かけられなかったよ」

「それが、夜中にギターかついだ疲れ果てた様子の猫背の男がキョロキョロしながら一人だけで入ってきて、入口近くの席でガッガツ大喰いし始めたから、店員が『食い逃げが来た！』って思ったんだって」

「く、食い逃げぇ⁉」

「で、やばいと思って非番の店員をもう一人呼んで、逃げたらとっつかまえようとしたんだと」

「え、それで途中で一人増えたの？」

「ところがどーも『あの食い逃げ、大槻ケンヂに似てないか？』って話になって、確認にそう言えばHさんは昔、オーケンとバンドやってたりしてたぞって話になって、Hに電話して特徴を言ったら『ギターを持っていること以外はオーケンに間違いない』って話になって」

今度来たらおごるから事前に言ってくれよとH氏は電話の向こうで笑ったのだそうな。

ギャフン。

と言わざるを得ない。ギター持ってるとこ以外は昔と変わっちゃいないとは古い友人に言われて悪い気もしないが、そもそもが食い逃げ野郎のイメージだったのかオレはよオイ。と思いつつ、ま、ライブ終わりで確かにボロボロの様子ではあったし、

「…食い逃げかぁ」バカ負けだ。思わず僕も笑ってしまった。

ギター一本の差、でもギター一本の差でけっこう日々は変わる。

その一本の差が起こした昨夜の惨劇（？）についつい僕もアハハと笑っていると、いきなり慌てた様子のマネージャーが、僕とエディの会話に割り込んで言ったのだ。

「大槻さん大変です！　ＦＯＫ46※、夏フェス決まりました！」

「夏フェス！」

40代弾き語り初心者がまさかの夏フェス出場決定であるという。

いいのか、それは？

出ていいのか初心者が⁇

しかも食い逃げなのに（けっこう根に持つタイプ）。

Butterfly

大阪泉大津《いずみおおつ》フェニックスで行われる夏フェス※「OTODAMA～音泉魂～」から、FOK46としての出演オファーを受けた。

興奮と喜びはどれほどのものであったろうか。

「俺が⁉　夏フェスに？　弾き語りで」

46歳の職業ロックミュージシャンは16歳の男子高校生のごとく拳握りしめワナワナと震えたものである。

夏フェスには何度となく出演している。

国内最大級のフジロックにも出たし、ロッキンジャパンフェスにも参加した。OTODAMAもすでに数回出ている。

だがそれはバンドとしての出演である。プロデビュー20数年のバンドならばそれはまぁ出ても不思議はないであろうと客観的に思える。

だが、今回は違う。

一人だ、男一匹だ。たった一人の弾き語りなのだ。

ＦＯＫ46夏フェスデビューなのだ。

しかも40代から習い始めてわずかの出来事なのである。

一大事だった。

これは中二で習い始めた弾き語りで、高二の学園祭に出演が決まって「俺、ついにここまで来たよ」みたいなリア充感をそのままガタッと30年人生の後方にズラせたかの遅すぎる青春の心象風景である。

こんなステキな機会に恵まれる者など中年男世界にそうそういるもんではないと断言できる…って言うか「オレぐらいのもんでしょ？（ニヤリ）」とちょっとえばってみたい気にさえなるではないか。

「やった。このためだ。一人ぼっち町スタ特訓の意味はこのためにあったのだ」そう思った。

そしてその日から夏フェスにむけてまた一人ぼっち町スタ特訓を始めたわけである。

夏フェスとあって演奏楽曲にも変化が必要であると考えた。

夏だものフェスだもの、ワッ！　っと大いに盛り上がりたい輩が大量に来るはずだ。

若者たちに〝俺のギター〟で思いっ切り騒いでもらえるよう、「日本印度化計画」と「踊るダメ人間」をセットリストにまず加えた。

両曲とも、アップテンポのロックナンバーだ。

ガッ！　と盛り上がってもらおう。でもまずその前に「なんかスゲーやつが出てきたぞ」と驚かせるための〝つかみ〟の1曲が必要だ。これはもう例の「死んでゆく牛はモー」が適任であろう。

などと、綿密な夏フェス作戦を想定した。だがついに当日、カッと快晴の夏の太陽に照らし出された泉大津フェニックス会場ステージ脇でFOK46は「どんな綿密な作戦にも想定外の事態は起こりえる」と心底思うはめになったのである。

「〜Ｂｕｔｔｅｒｆｌｙ〜今日は〜今まで〜の」

夏フェスに、木村カエラ※さんのかの名曲「Ｂｕｔｔｅｒｆｌｙ」が朗々と、彼女の立つメインステージから、これから僕の立つサブステージにまで聞こえていた。

メインステージ側はもちろんのこと、ＦＯＫを見るためにすでにサブステージにつめかけてくれている観客たちまでもが、今や結婚式の定番、国民的名曲、木村カエラさんの「Ｂｕｔｔｅｒｆｌｙ」に「うっとり」「しみじみ」みんながジーンと来ているのが手に取るようにわかった。

「Ｂｕｔｔｅｒｆｌｙ」はカエラさんステージのラスト曲であった。

カエラは己の持ち時間のファイナルにキラーチューンを持ってくる作戦であったのだ。

「…この後に『牛がモー』はないだろう…や、やりにくっ」

思わず、五七五のリズムでFOK46は、なんの罪もあるはずのないカエラにちょっとイラッとしたものである。いつの間にか呼び捨てにしているし（すいません）。

チャンチャンチャンチャッチャ〜、と「Butterfly」のコーダが終わって、カエラめのライブは感動的かつおごそかに終わった。

ギブソンJ-50を抱えたFOKはチラリとサブステージの観客を見た。

なんということだ！「Butterfly」に心揺さぶられた者たちが、うつむき、逆に天をあおぎ、うっとりあるいはしみじみと、あまつさえ、涙を浮かべている者まで見えるではないか。

やりにくい！

そこに弾き語り初心者が出て行って「死んでゆく牛はモ〜！」歌ったならどないなるっちゅーねん。すべるに決まっとるやないかそんなもんワレ。

にっくきはカエラである。

Butterflyである。

ジリジリと太陽はFOK46の身を焦がしていた。

あたりは熱気で白っちゃけていた。

開演時刻はもうすぐだ。

観客はまだうっとりしみじみしていやがる。

どうする？

どう出る？

どうこの空気を覆す。曲順を変えるか？　いやすでに譜面は台に固定されている。

「…そうだ、アレだ！　アレを持ってこい」

ＦＯＫはスタッフに叫んだ。すぐに飛んで走って言われるまま（筋肉少女帯ライブ用に常備している）〝アレ〟を持ってきたスタッフからソレを奪い取ると、ＦＯＫ46は満員のオーディエンスつめかけるステージへと勢いよく駆けていった。

「…ん？　なんだ？　お、おおおおおっ！」

血まみれのマネキンの生首の髪ムンズと左手でひっつかんで、それふりまわしながら「キョエエエッ！」と奇声を発し、いきなり登場したいい歳のオッサンに、カエラ＆Ｂｕｔｔｅｒｆｌｙに酔いしれていた客たちからどよめきが起こった。

「キョエエエッ！　ヒョエエエエッ！　キエエエッ！」

その奇行こそは、カエラ＆Ｂｕｔｔｅｒｆｌｙの感動効果に抗うためにはもう「キ○ガイ」で行くしかない、との大機転なのであった。

そして大機転は成功した。

むしろカエラ＆Ｂｕｔｔｅｒｆｌｙ直後だったればこそのそれは効果だったのかも

しれない。

〝感動〟→〝くるくるパー〟の大どんでん返しにオーディエンスの脳にバグが生じ、脳はバグを整理し切れず、とりあえず〝興奮〟ということに仮の処理をほどこした。

「ん？　なんだ？　お？　おおおおおおっ！」との、あたかも受けたかのおたけびを彼らの口からあげさせることに成功したのだ。

「やった！　だがしかし!!」

ＦＯＫ46は一瞬間、機転の成功に酔った。

だがしかし、だがしかしだったのである。

大歓声の中でいざ演奏を始めようとしたその時、彼は〝機転〟のあまりにも大きな大盲点に気づき、ガク然としたのである。

「ひ、弾けないっ、ギターが。生首持ってると」

生首の髪つかんでてギターのネックが握れなかったっつーね。気付こうよそこは先に。

「し…し…死んでゆく牛はモ〜ッ!!」

気を取り直し、生首そこいらにポーン！　と放り投げEmに指握りかえてようやく歌い出せば、またワッと歓声が客席から起こった。

それはきっと木村カエラさんの感動的な「Ｂｕｔｔｅｒｆｌｙ」からアングラ極ま

りないくるくるパーの絶叫する「死んでゆく牛はモー」への急激な場面転換が、夏フェスならではのヴァラエティー感、まさにフェスティバルのゴッタ煮の景色を観客に与えたことからの〝つかみ〟の成功であったのだと思う。

ならば感謝すべきはカエラさん&Ｂｕｔｔｅｒｆｌｙさんである。ありがとう、って、どっちやねん。

そのまま「日本印度化計画」そして「踊るダメ人間」と立て続けたなら、「弾き語り」だというのにオーディエンスが拳突き上げて縦乗りでジャンプを始めた。「踊るダメ人間」における、頭の上で両手を×字にしてピョンととび上がる「ダメジャンプ」まであちこちで発生し始めたではないか。

「ああギターを始めてよかったな」と素直に僕は思った。

そうしたら緊張の糸が切れたのかコードを派手に間違えてしまった。

それでも観客たちはジャンプをやめなかった。

僕の歌のみに合わせて飛び続けてくれているのだ。

その光景を見ていたらちょっとジンと来た。

そしたら今度はコードをド忘れしてしまった。

すると「踊るダメ人間」は歌のみになってしまった。

そうなってさえ、オーディエンスはジャンプを続けてくれていた。

僕はまた機転を利かせた。

左手でマイクを握り、右手でギブソンJ－50のネックを握った。歌い続けながら、ギターを肩から外すと、いっそギタースタンドに立てかけた。そして身一つだけになってまた歌い続けたのだ。

この信じられないギター弾き語りシンガーの、歌ってる途中でギターを置く、という驚愕のパフォーマンスに、観客たちは大爆笑し、手拍子を始めた。そして今やマイク一本の真夏のアカペラシンガーと化したＦＯＫ46は、夏の太陽の下、観客達の手拍子のみで「踊るダメ人間」を歌い切った。


歌い終わると嵐のような拍手が僕を包んだ。

うれしかった。

グッと来た。

ギターを始めてよかったとあらためて思った。

ギターを弾くのを途中でやめちゃったというのに、だ…それなんか、根本的に間違ってないか？

アルトベンリ

ライブの前日の深夜に、弦を張り替える。

本番直前ではなく前夜に替えるのは、替えたばかりの弦はシャンシャンときらびやかに鳴ってしまうので、リハなどで弾いてその音のきらめきを減らして、慣らしておくためなのだ…というようなことを昔からギタリストたちに聞かされてきた。

「本当かなぁ？」気のせいじゃないの？ と疑わしく思っていたものだけれど、ギターを始めて「なるほど、確かにそうだ」と彼らが言っていたことが正しいことに気付かされた。

だからライブの前夜になると僕はギブソンB-25とJ-50をテーブルの上に横たわらせて、一本ずつ弦を張り替えていく。

※アーニーボールのライトゲージを6弦から張っていく。

※エンドピンを抜き、抜いたピンはなくさないよう、机に置いた帽子の中に入れておく。エンドピンの穴に弦の後端をつっこみ、エンドピンでふさぐ。グッと左手で弦を

引っ張って、先端をギターネックの糸巻きの穴に通す。

人差し指一本分ぐらいたゆませた弦を穴の逆から引っ張り、くるりと糸巻きに一度巻いて、先端をグッと90度上に折り曲げる。

そうしてペグ※を巻き上げていくと、弦は穴を中心に一本の弦を挟むかたちで巻かれていく。

この巻き方は「ギブソン巻き」というのだそうだ。

ペグを巻きエンドピンを引き抜く道具は一体化されている。僕はその器具の名称を知らなかった。

アコギを買ったばかりの頃、バンドのギターテックの人々に尋ねてみると、彼らは顔を見合わせて「さぁ…」と言った。日常品過ぎてそういえば正式名称を知らないと言うのだ。

「一応僕らは、アルトベンリとか呼んでますけどね」

アルトベンリ…有ると便利、だからであるらしい。

『なるほどアルトベンリ、ナイトフベン、無いと不便の逆か』と、いつも思いながらライブ前日の深夜、僕は一人でくるくるとアルトベンリを回していく。

FOK46はライブ回数を重ねていった。

たくさんのゲストをお招きして弾き語りを試みた。

木根《きね》尚登《なおと》さんは僕のダイアグラムコード表を見て「コード譜じゃなくてダイアグラム⁉ よくこれ見ながら歌えるね。逆にスゴイよ」真顔で驚いた。

※ケラリーノ・サンドロヴィッチさんは僕が曲のエンディングでジャジャジャジャーン！とかき鳴らすと「アハハ！」とこれまた大笑いであった。

「なんで笑うの？」

「だって大槻がギター弾いてるみたいじゃん」

「弾いてんだよ、一応」

僕とケラさんが初めて会ったのはまだ二人とも10代の頃だ。それから30年経ったら僕がギターを弾き始めたのだ。そりゃ笑うよなと思う。その日の会場はケラさんのバンド有頂天と筋肉少女帯が、ともに初ステージを行ったライブハウスだった。

※ダイアモンド✡ユカイさんからは、月亭可朝《つきていかちょう》の「嘆きのボイン」を一緒に歌いたいとのリクエストを事前にいただいた。

「ヘボインはお父ちゃんのためにあるんやないで〜」

という演歌調の曲だ。

演歌のギターフレーズはとても難しい。そもそもなんでこの曲なの？

「ユカイさん、違う曲にしましょうよ」とマネージャーづたいにユカイさんにお願いし、了承を得た。

ところが当日になって「大槻『嘆きのボイン』やっぱりやろうや」と頼まれた。

「え、俺弾けませんってば」

「そうか、じゃ俺が弾くから歌でついてこいよ」

しょーがねーなー先輩の言う事だもんなぁ、と歌う用意をしているとユカイさん、ギターをポロリと爪弾きすぐやめて「あ…」「どうしましたユカイさん?」

「大槻、あのさ…オレこの曲よく知らねぇや」

いろんな方がいる。

ゲストのジャンルも多彩であった。

俳優の六角精児《ろっかくせいじ》さんや声優の小林ゆうさんなどもお招きした。

小林さんと特撮のNARASAKI氏をお招きしたライブハウスの窓からは、ケバケバしいラブホテルが見えた。

そこは忘れもしない今を去ること何十年か前に、若き日の僕が童貞を捨てたラブホテル、その名も「カサ・ディ・ドゥエ」なのであった。

何十年か前、20歳かそこらの童貞青年であった僕は、「あ、いけない。帰れなくなっちゃった今日」と、〝終電のなくなった体〟で僕を深夜の円山町《まるやまちょう》に誘ってくれたA子さん（経験済み）の手ほどきによって、大人の階段を上ったものである。

A子さんはそれから数ヶ月後に突然「オーケン、私、来月に結婚することになったから」と言って僕の前から幻のように消えていなくなった。

初体験の場所をながめながらの弾き語りはなかなかにしみじみとするものがあった。

思わず井上陽水さんの「※帰れない二人」をセットリストに入れてしまった。

そんな思い出にひたりながら爪弾く「帰れない二人」のDコードのアルペジオのもつれる指は…。

…んなこたどうでもいい。

弾き語りを始めたことによって、果たせないでいた約束を果たすこともできた。

プロレスのハヤブサ選手は、かつて空中殺法をあやつる天才レスラーであった。団体のエースでもあった。

だが、試合の事故で頸椎《けいつい》を損傷、現在は車いすの生活を余儀なくされている。

不屈のリハビリで最近は歩くことができるようになった。

まだまだプロレスは困難である。

元々、歌がうまい人だったので、今はシンガーソングレスラーとして、ライブをたまに行っている。

「いつか一緒にやりましょう」と、もう随分前に彼に声をかけたまま実現していなかった。シンガーソングレスラーの方と僕とでのライブのパッケージがうまく組めなかったからだ。

ところが弾き語りを始めたことで、彼の、居酒屋で行われるライブに飛び入りが可能となった。

高田馬場《たかだのばば》のヘッドロックカフェという小さなバーである。オーナーは元筋肉少女帯のディレクターであった。彼も古くからのハヤブサ選手の友人である。全員同世代。店のちょっとしたスペースで、車椅子に乗ったハヤブサ選手が20人ほどの客に囲まれて、僕と、やはりハヤブサ選手とは昔から知人である※水戸《みと》華之介《はなのすけ》さんの突然の訪問をにこやかに迎え入れてくれた。

「やっと実現しましたね。お待たせしちゃって」

「いえ、いつでも。何をやります？」

「アニソンとかどうかな」

「いーですね。じゃあアレ、どうかな？　なんにもないなんにもないまったくなんにもない…」

※「『やつらの足音のバラード』ね。『はじめ人間ギャートルズ』のエンディングだ」

「さすが、世代、ワンフレーズでわかる」

「じゃ、それ。あれ、マイクが足りないね」

「小さい店だから、でもま、なくても届くでしょ、みんなに、歌」

「そうだね。なくてもいいや、なんにもないって歌だし」

「うん、うまくもないね、アハハ」

「じゃ、やりましょう」

「カウントとか出す？」

「なんとかなるでしょ」

「なんにもないってことで」

なんにもないなんにもないまったくなんにもない　生まれた生まれた何が生まれた星がひとつ暗い夜空に生まれた、と続く、僕らの世代なら子供の頃にみんなが歌った、かまやつひろしさん作曲の名曲を、小さなバーで40代が三人、マイクもなしで歌ったものだ。


回数を重ねていくと、ごくまれにだが、「お、1曲これツルリと弾けちゃったな」みたいなことも起きるようになってきた。

まだまだ弾けているなどというレベルにはほど遠かったが、筋肉少女帯のリハやライブの楽屋に、僕がギターを持ち込んでも、以前ほどウザがられなくなった。どころか、「せっかくギター持ってきたんならMCでギター漫談みたいなことでもやったら？　オレらその間に衣装替えられるしさ」などといった言葉をメンバーからいただけるようにもなったのだから、始めた頃よりはＦＯＫは多少マシになってきたのかもわからない。

…そこで、そう言われた日の次の日の筋少ライブでは、「メンバー紹介の歌」をギターで弾き語ることにしていた。

筋少のロックバラードを僕が爪弾いて、そこに本当の詞ではなくて、メンバー紹介の替え歌の詞を乗せる、というとても他愛のないギタージョークである。

たとえばベースの内田氏については「ベースはうっちー　中学からの友人さ　本当は幼稚園も同じだったんだよ」などと、本当にしょーもないどーでもいいフレーズなのだけど、プレスリーのラブバラード系な「少女の王国」に乗せてこれを真顔で歌うとライブのノリでそこにドッと笑いが生じるのだ。

弾き語りは間やキメなどをその場その場で操作できるので、他愛もない冗談で場をなごませるのには最適のツールだなと、これも始めてから気付いたことの一つだ。

ちなみにギターの橘高文彦《きったかふみひこ》氏の紹介は「ギターは文彦、アニキは正彦」という歌詞にした。橘高氏のお兄様とはメンバーも何度もお会いしているので、こちらはちょっと身内受けを狙った替え歌でもあった。

…アーニーボールのライトゲージを1弦まで張り終えた。

ギターをギグケースにしまった。これで明日の用意も終わった。

夜はすでに更けていた。
すると、ふと、振動音が部屋のどこかで聞こえた。
それはB‐25の横でふるえていた。
こんな夜中に携帯が鳴っていたのだ。
携帯を拾い、見ると、父からであった。
嫌な予感しかしないコールだ。
ためらいがちに出て、「もしもし?」と尋ねると、父がうわごとのように繰り返した。
「死んだ、おい賢二、死んだぞ」
と、深夜に父が繰り返していたのだ。

サイレントギター

兄の慎一《しんいち》と僕とは長いこと疎遠であった。
どれくらい付き合いがなかったかというと、僕は兄が結婚したことを1年近くも知らなかったほどだ。

ある年の正月に実家に帰った。見知らぬ女性がいて家の中をテキパキと切り盛りしていた。

「お父さん、ビール飲む？」

「お母さんおもち煮えたからね」

などと言って、実の息子である賢二などより大槻家の正月に完全になじんでいる。

ん？　誰だっけ？　こんな親戚いただろうか…ハッ！　と気付いてその女性が席を立った時に両親に小声で尋ねてみた。

「もしかしてあの女の人、兄貴の奥さん？」

「そうだよ」

と母がシレッと答えた。

「え？　兄貴、結婚したの？」

「したよ。知らないのか？」

と逆に父。

すると母が「賢二は知らないよ。だって言ってないもん」

え？　なんで？

「お前が来ると親戚がサインしろとか言ってうるさいから結婚式呼ばなかったんだ

よ」

「あ～そうだった、そうだったな。それにお前、慎一とそんなに会話もないだろ」

と、父母にキッパリ言われたぐらいの疎遠であったのだ。

とは言え二つしか歳の離れていない男兄弟は、僕が小六くらいまではたまに遊んだ。

兄が何かの祝いに中学生の頃、エレキギターを親にねだった時は、僕も一緒に中野の丸井までついていった。

国産の※ストラトキャスター・コピーモデルをかかえ、楽器店で※ディープ・パープルの曲の※リフを得意気に試奏してみせた兄の表情と、うれしそうな両親の顔と、それを見て僕までほこらしげな気持ちになったことをボンヤリと覚えている。

アレが最後の家族揃っての外出であったように思う。

その後ロックやサブカルなことにのめりこんでいった僕に対し、兄は週末はサーフィンにくり出し、学校ではケンカをして指の骨を折って帰ってくる、いわゆるリア充派になっていった。

スクールカーストはそのまま大槻家の中でのヒエラルキーと化した。僕と兄とは一切口をきくことがなくなった。

兄は、ギターはものにならなかったが、サーフィンの腕前はかなりのものであったらしい。

ウィンドサーフィンが特に得意だった。大人になっても暇を見つけては海に通っていた。

その、彼の生きがいが命を奪うこととなった。

今夜、千葉の海で消息を絶った。

まだ死体は発見されていない。でも、電話の向こうで父は「死んだ」と断言した。親の直感なのだろう。

「朝になったら多分見つかる。お通夜はあさってになるな」

「明日、あさってと筋少のライブがあるんだ。どうしよう」

「賢二、お前、それはやれ、そういう仕事だ」

「ああ」

「慎一の…慎一が見つかったら連絡するから」

電話が切られた。しばし茫然《ぼうぜん》とした。さあどうしたものかと考えた。

いくらどれだけ疎遠であったとはいえ実の兄だ。動揺しないわけがない。

実際動揺していたのだろう。僕は明日弾くギターを、J-50からヤマハのサイレントギターに替えた。※

サイレントギターはその名の通り、アンプを通さなければ音がとても小さいギターだ。主に練習用に使用されるものだ。形状も、スケルトンでオモチャのような外観をしている。

僕はなるたけ、いつものように明日あさってのライブを行おうと心に決めていた。

その理由は後に記す。

いつものように、楽しくて激しい、笑いも多い筋肉少女帯のライブをやろうと思った。

僕が持つギブソンJ-50は60年代のヴィンテージものだ。※ジェイムス・テイラーが使ったのと同じナチュラルカラーのドレッドノートだ。僕のようなヘタッピがかかえるから名器の放つオーラは15%も輝きはしないが、それなりの弾き手が持ったなら、いや、ポツンとステージに一本あってピンスポットを浴びたなら、わかる人にはわかるのだ。たった一本のギターがどれ程の存在感と歴史と、数々の人生をかたわらで見つめてきたか、人間の生や死の観察者としての楽器の持つ意味合いが。

くり返すように僕は明日あさってのライブを通常通りに執り行いたかった。1964年製ギブソンJ-50。かかえたなら当人に、鎮魂の意味と重みを与えてしまう類いのギターを持っていくのははばかられたのだ。

64年、それは兄の生まれた年でもあるのだ。

翌日の朝になっても兄は発見されなかった。

会場入りしてからも僕は、誰にも兄のことについては語らなかった。くり返すがいつも通りにやりたかったからだ。

おもちゃのような形状のサイレントギターで、例の「筋肉少女帯メンバー紹介の歌」もリハーサルを行った。

メンバーにネタばれしないよう、メンバーが楽屋に引っ込んでいる時を狙ってリハーサルを行った。

「ベースはうっちー　中学の同級生さ　本当は幼稚園も一緒だよ」

しょーもない替え歌に、アッハッハ、とスタッフたちから笑いが起こった。

「ギターは文彦　兄は正彦」

歌い続けたなら、またゆるい笑いがスタッフたちから起こった。

僕は『ライブまでに兄貴のことが知れわたったなら、この部分は歌詞を変えなければいけないな』と思った。

メンバーが戻ってきた。全員でのリハーサルが再開された。

その日のライブでのラストは「生きてあげようかな」という曲であった。

若くして死んだ男が、天国から生者を見守り「なるだけ上を向いてお歩きなさい

それから　あまり甘いものばかり食べ過ぎぬように」とアドバイスをあたえるという

歌詞内容になっている。

よりにもよってこういう日のラスト曲に「生きてあげようかな」だなんて『なんだかな』と思う。賢二、お前、それはやれ、そういう仕事だ。『そりゃそうだよな』と思い直す。

兄の訃報は、父からの電話でリハの合間に知った。

地元の漁師さんが遺体を見つけてくれたのだそうだ。兄は、家で飼っている犬を連れて千葉の海へ行っていた。

犬は、兄よりも随分と早く、兄を捜しに行った兄嫁によって、兄の車の中から発見された。もう老犬だが、異変に気づいたのか、車内をメチャクチャに荒らしていたという。

僕は、兄の死については、湧き上がる感情というものを特別に感じることはなかった。でも、帰らぬ主人を案じて暴れ回った老犬の様子を思い浮かべた時、肩より低く頭のたれる脱力感を制御することが困難に感じた。

「葬式には行けると思うから」と言って電話を切った。

そして『やはり、いつも通り、普段のままのライブをやろう』とまた思い、楽屋へと向かった。

64年製

ところが、普段のままのライブというわけにはいかなくなった。
※恵比寿《えびす》リキッドルームの楽屋でサイレントギターを爪弾いていると、ソファの背後からマネージャーが、小声で僕に耳打ちをした。
「あの、お兄さんのこと…」

「え？　知ってるの？」

さすがに父あたりがマネージャーには伝えたのかと思った。

「みんな知っています」

「え？　みんな？　なんで」

「さっき、Ｙａｈｏｏ！のニュースに上がったんですよ。お兄さんが海難事故でなくなられたこと」

「え…、ああ、そういうことか…時代だね」

「どうしましょう」

「何が」

「いえ、今日のライブ」

「やるよ、普通に」

「ええ」

「でもお客さんも知っちゃってるわけか」

「やりにくいですよね」

まったくその通りだ。

アニキもやりにくいことをしてくれたもんだぜ、と思った。

激しく楽しいロックのライブ、その狂言まわしを務める者の肉親の死を、皆が知っているというのだ。これはどうにもやりにくい。

身内に不幸のあったばかりのロックバンドのボーカリストが「のってるかい!? 今夜は最高だぜ」とコールする人生劇場の皮肉に対し、人々はなんとレスポンスすればいいものか。

そもそも、気を遣われてライブをするのはゴメンだ。そういうふうにはロックというジャンルは出来ていないと思うからだ。

「やるよ、普通に、普段通りに」

と、マネージャーに答えた。

とは言え、それから開演までがまた、やりにくかった。

メンバーもスタッフも誰一人として、兄については何も触れようとしないのだ。いつも通りの他愛のない話をして、開演を待つ。

「それで今日はギター漫談コーナーやるの？」

などと、僕のギターを指差して言う。

「そうそう、今日はサイレントギターで」

「オモチャみたいだ。いっそウクレレでいいんじゃない。それじゃ※牧伸二《まきしんじ》か」

他愛のない会話を一言二言話して、それでステージへ向かう。

スタッフも同様だ。

その多くが40代。

同世代、気を遣わないように気を遣う術を知っている。

けれど、受け手の側は逆に、そのことに対してむしろ申し訳がないと感じる。

ややこしい年代である。

開演時間となった。オープニングの音楽が流れ、スタッフのGOを合図に、ロックバンドがステージへ出て行く。

目の前に沢山の人がいる。心得たものだ。オーディエンスはいつもと何ら変わらぬ声援で迎えてくれている。気を遣ってくださっているのがよくわかった。

ロックのライブに〝気遣い〟が満ちているということがふと面白くなった。僕は笑ってしまった。

そして、この不思議な空間をこそ、兄は撮ればよかったのに、と思った。

兄はビデオカメラマンをやっていた。

主な撮影対象はJ-POPや、そしてロックのライブのステージであった。

さまざまなバンドのライブを撮影していたために、僕よりよっぽどロック畑で顔が広かった。

初共演のバンドのメンバーに「いつもお兄さんにお世話になっているんだ」と何度言われたことか。

筋肉少女帯のライブも何度か撮っていた。

少年時代からあまり口をきくことのなかった実兄が客席の前っつらにいる状態で歌うロックというのはなかなかに照れくさいものがあった。

数年前のフェスでも、弟が歌って兄が撮影の状況となった。

出番を待っていると兄から「今日撮るんだけど、気が散るようだったら後方のカメラに移るけど、どうする?」とメールが入った。

気を遣われた。

ちょっと考えて「MCでネタに振るかもわからないけど、それが問題なければ最前で撮ってもらってかまいません」と返した。「了解」と逆に返信があった。変な兄弟である。

「今日は実の兄貴が最前でカメラ撮っててやりにくいぜー！　にいちゃん、ノッてる？」

ステージが始まり、一万人のフェスの群衆の最前にいる兄にマイクを通してたずねると、兄がかついでいたカメラと頭を上下に二度ほど振ってみせた。

ステージ後方のビジョンに映ったボーカリストの姿が上下に二回大きく揺れた。

そんなやりとりが他のライブ時にも何度かあった。

…もちろん今日のステージの最前に兄の姿はない。

今後永遠にステージ上からカメラをかついだ彼の姿を見ることはない。

『もう少し何かしゃべっておけばよかったかな』

と今さら思う。

たとえば、周りの人々全員に気を遣われている中でのボーカリストは、ステージ上でどうふるまうべきか？『撮影クルーとしてはどういうもの？』などと、仕事の話から始めたなら、会話も出来たかもしれない。

『それは賢二、立ち位置とか進行とか、こっちもある程度、撮りのダンドリがあるんだから、いつも通りにやってくれよ』

と、言ったのではないだろうか。

たとえば身内の不幸であるとか、ハプニングがライブドキュメントに深い意味合いを加える場合もある。それによって名作が完成する時もあるだろう。だが、筋肉少女帯というロックバンドにそういったテイストは〝絵的〟に似つかわしくはない。

『何度か撮ったからそれはわかる。だから賢二、普段通りにやれ』

あくまで想像だが、兄はそう言ったのではないかと、弟のカンで僕は思ったのだ。

だから、今日はいつも通りのライブを行おうと決めたのだ。

ただ、例の件、「少女の王国」の替え歌コーナーの歌詞の部分、あそこだけは変えないと、気を遣ってくれているオーディエンスに悪いな、と思った。

「兄」という言葉を今日、歌詞に織り込むのは賢明ではない。

差し替えなければいけない。ステージ中盤、サイレントギターを抱えた僕は「ギターは文彦　兄は正彦」の部分を、ギターの橘高文彦氏が同世代でありながら、自分を

24歳と設定してかたくなに通し続けていることをネタにして、急遽《きゅうきょ》変更して歌った。

「ギターは橘高　24歳と言い張るぜ」

ゆるい替え歌、ギター漫談に、客席からこれまたゆるい笑い声が起こった。いつも通りライブのノリは保たれた。

歌詞の変更はほぼその場のアドリブで行ったものだった。

いつだったか「フライミートゥーザムーン」に即興の詞をのせて弾き語ったときのことをふと思い出した。

歌詞の変更はリハーサルを見ていたスタッフたちは気付いたはずである。でも誰一人、そのことをライブ終了後も触れる者はいなかった。

ライブを終え夜遅く家に帰ると、部屋の片隅の薄明かりの中、使わなかったギブソンJ－50があった。

64年製。

49歳。

ギターとして誕生から49年間は長いのかまだまだなのか。人として考えたなら、あえて言うまでもないことではある。

ギブソンJ―200M

「死んでいく話が多いね」

と、屋上庭園の片隅のベンチに座って、彼女はのんびりと僕に言った。午後のあたたかい陽射しの中で微笑んだ。昔よく見た懐かしい笑顔の目尻に、今は数本のしわがあった。

「お、笑いじわ。老けたね君も」

「オーケンのほうれい線のほうが相当なものだよ。ガッツリおっさんだね」

「まあね、で、また意地悪で聞くけど、君、40歳を超えたんだっけ？　とっくに？」

「10歳下の妹に赤ちゃんができたんだよ。私も相当な大人よ。自分でも信じられないけど」

「うん、オレも、自分がもう46歳だなんて全然信じられない」

「でも46歳…FOK46だもんね」

「そう、ＦＯＫ46。どうだった？　ＦＯＫ46の腕前は？」

ギブソンＪ-２００Ｍをかかえて決めてみせると、彼女はもう一度懐かしい笑みを浮かべて「死んでいく話が多い」と、さっきと同じことを言った。

「いや歌の内容じゃなくてさ」

「オーケンがギターを弾いてること？　ビックリ！　私は楽器の腕前はわからないけど…たぶんとってもヘタなんだと思うけど（笑）オーケンがギターの弾き語りを始めるだなんて、時は流れたんだなと思った」

「流れたよ時は。だって君に靴をあげたのアレ何年前だ？　もう10年以上前だよね」

「何の靴をくれたか覚えてる？」

「…ドクターマーチン※の赤いブーツ？」

「とぼけてる」

「ロッキンホース※・バレリーナ？」

「ジョージ・コックス※のラバーソールだって」

「そうだった」

「ジョージ・コックスのラバーソールを、オーケンは私にプレゼントして、そのことをさも素晴らしい美談みたいに君は小説に書いて、いくばくかの小銭をもうけたのよ」

屋上庭園のベンチでいたずらっぽく笑う彼女はもう四半世紀も以前に一時期、仲良くしていた女性だ。

若かりし日の彼女とのエピソードのいくつかを、僕は私小説のようなものの中で勝手に使用している。

ジョージ・コックスのラバーソールの件もその一つだった。

書いた頃はなんとも思っていなかった。40歳を過ぎたころから、いくらそれがものを書くという仕事の回避しがたい部分であるとはいえ、自分の物語に友人や知人などを、言わば脇役として配置することの視点に、たまに罪の意識みたいな申し訳なさを感じるようになった。

だからこの作品も、自分なりに気を遣いながら、誰も傷つかぬように注意を払いながら綴ってきたつもりなのだが果たしてどうであろう。

申し訳ないという想いと、でも、ギターを始めたことで出会った人々との、なんてことはないエピソードを文字にして書き残しておきたい、その、大げさに言えば葛藤に、毎回悩みながら書いてきた。

葛藤がありながら、〝H氏の店〟にいる時にかかってきた、昔の友人からの電話のやりとりを、また書いてしまった理由は、彼女がその時に電話の向こうで言った「だからまたプレゼントを要求する権利が私にはあると思う」という一言と、それに続いての、だいたい以下のような主張に応じてのものなのだ。

『表現者は「しかたない」とか言って周りの人を巻き込んでは作品を作る。本当にいい迷惑な連中だ。そんなことを40歳も過ぎてもまだやっているオーケンみたいなのはもう、社会の大迷惑なのだ。どうせこの電話のこともあなたはネタにするのだろう。だからそれを前提に、私は見返りを要求する。大昔の友人が突然「会いたい」と呼び出してきたことをオーケンはネタにしていいが（それが君の業《ごう》なのだろうから）、代わりに、ジョージ・コックスのラバーソール以来約20年ぶりに、オーケンからプレゼントしてほしいものがある』

ついては、○月○日に埼玉の某所までギターを持ってやってこい、とのことだった。

ノコノコと出かけていった。

ギターは、一番小ぶりで持ち運びやすいので、ギブソンのJ-200Mにした。

後に、この楽器選択は大正解であったとわかる。

○月○日、埼玉の某所にあるマンションへ行った。

エントランスで出迎えた彼女は、そのまま僕をマンションの屋上庭園へ連れて行った。

自分はどっかとベンチに座って、「弾いてみてよ」と僕に言った。

それなりの年月の仲で、今はすっかり友人の間柄になった者へのザックリとした物言いである。

屋上庭園に僕たちの他に人はいなかった。いい天気だった。陽射しが心地よい日だった。それで僕は、何曲か、ワンコーラスくらいずつ、拙い弾き語りを披露した。

「死んでいく話が多いね」

との、感想を彼女からいただいた。

「『死んでゆく牛はモー』とかさ、死んでいく曲ばっかりじゃない」

「『生きてあげようかな』なんてのもあるんだけどな」

「それにしても、死人が天国にいる曲でしょ。なんでそういうのばっかなの」

「…たぶん、若い頃につくった曲は、将来や生きることへの不安とかを、死っていうザックリとしたものにまとめてくくっていたんじゃないかと思う。それが50歳近くなったら、今度は切実な内容になってきちゃった。あはは」

「まだそれは早いよ」

「でももう人生の半分以上生きてしまった」

「まだ始まってもないよ」

と、映画『※キッズ・リターン』の決め台詞《ぜりふ》を言った彼女。

「いやいや十二分に始まってるでしょ。むしろ終わりも近いってとこでしょ」

「私たちの人生がまだ始まってもないか終わりが近いかは措いておくとして、オーケン、後ろでさ、今後ろでね、まだな〜んにも始まってもないコが手をのばしているよ」

「え？　何？　わ、わ〜っ!?」

振り返ると、僕の抱えるギブソンＪ−２００Ｍに向けて、ひらひらと蝶《ちょう》が舞うように、小さな二つの手がのばされていた。

「会ったことあったっけ？　10歳下の妹。そんで、妹に抱かれて手を振っているのが、妹の娘ちゃん。４ヶ月」

どうも〜、と妹さんが会釈をした。その腕に抱かれた女のコは、僕よりも、僕のかかえたギターの※ピックガードに興味があるようだった。

ギブソンのＪ−２００Ｍは、ギブソンの最高機種であるギブソンＪ−２００を、二まわりほどサイズを小さくしたかわいらしいアコースティックギターだ。

白いボタン・ペグにちょびひげのような形のブリッジ、メイプルのボディーはそのままメイプルシロップのような甘い香りをほのかに放っている。とてもキュートだ。

ピックガードには花の絵がちりばめられている。

その花に向けて、ひらひらと舞う赤ん坊の二つの手のひらは、まったく二羽の蝶のようだ。

あたたかな陽射しの中で花たちと蝶たちがたわむれていた。

僕の腕の中で今ギターが花畑みたいだ。

「ね、オーケン。で、そこでプレゼントなんだけど」

彼女が言った。

「曲を、歌をこのコに作ってあげてくれないかな。君が今までたくさん作ってきた死んでいく歌の真逆、生まれてこれから生きてく人のための歌を」

ミルクと毛布

母のお腹の中の、絶対の、安らかな眠りから人は目覚め、やがてまた、今度はおそらく永遠の、絶対の眠りにつく。
眠りから目覚め、また眠りにつく。
生まれて、そして死ぬということは、言ってしまえばそれだけのことなのだ。

ただ、前者と後者の眠りには、それは大きな差がある。前者が絶対のやすらぎに包まれたものであるのに対し、後者は、わからない。その永遠の眠りがどのような質のものであるのか、覚醒している間は…その期間が長かろうと意外に短かろうと…これはわからない。

わからないから人は悩むのであろう。自分が、永遠の眠りについたとき、自分が覚醒していた期間にしてきたことを、眠りは、それが正しかったと認識して、絶対のやすらぎを与えてくれるのであろうか。そして、絶対のやすらぎを与えてもらえるに値するほど、自分は覚醒していた期間に、何かを成し遂げられたのであろうか。わからない。そもそも、母の胎内にいたとき以来やがて訪れる長い眠りは、母の胎内にいたときのように、絶対のやすらぎに満ちたものなのであろうか。もし仮にそうであるとするなら、なぜ、人は、やすらぐことのできない覚醒の期間を与えられているというのだろうか。もしそうでないなら、人は一体いつやすらぐことができるというのか。

死してさえなおやすらぐことができないというのなら、なぜ人は生まれてくるのか。それは何かの罪のためなのか。覚醒とは罪をあがなうための生まれて最初の罰であるとでもいうのか。人はなぜ…。

「…みたいなことを、あんまりアレコレ考えない大人に育つといいね。考えるとめんどくさいから」

アハハ、とギブソンJ−200Mを抱えながら、僕は赤子の小さな小さな手を握って笑った。

相変わらず赤ちゃんは両手をひらひらさせて、お花の絵が描かれているギブソンのピックガードを触ろうとしていた。彼を抱く母の横で、僕の古い友人は「子守唄にしてよ」とリクエストした。

「オーケン、子守唄にしてよ。ぐずって夜中に大変なのよ」

「泣くのが仕事なんだよ赤ちゃんは」

「みんなそう言うね。でも本当にそう。眠っちゃうとね、眠っちゃうと本当に幸せそうなお顔になるんだけど。な〜んにも心配ない顔しちゃってね。スヤスヤ寝息を立ててね」

ふと僕は、池の上陽水の「ｃｏｙｏｔｅ」という歌を思い出した。

「いいね赤ん坊は、これから人生が始まるんだもんな。本当に、うらやましいよ」

「おじいさんみたいなこと言うね。まだ40代でしょ」

「でもこの歳になると人はある日パッタリ死んだりするからね」

「あ…ごめん、お兄さんのことヤフトピで見た。ごめんね」

「あ、いや、ごめんごめんごめん。逆にごめん。赤ちゃんの前で縁起でもないこと。で、なんだ、ホレ、子守唄？」

「そう、子守唄がいい。そのギターで作ってみせてよ」

「子守唄か…絶対の、安らかな眠りにつくための歌だ」

絶対の、安らかな眠りに、ストンと人が落ちるための歌を作ってみたいと思ったのだ。

　家へ帰り、夜更け、僕は子守唄をギターで作ってみることにした。

音楽の仕事に携わって四半世紀にもなるが、ギターで曲を作るなんて初めてのことだ。ただ長いことかかわっているだけにとっかかりはわかった。子守唄ならテンポは3拍子だ。タンタンタン、タンタンタンと小っちゃな子供の手でうったなら、愛らしい、壊れた柱時計の紡ぎ出すような3拍子が似合うはずだ。

コードは、もちろん難解なものなどわからないから、手くせで動けるポジションがいい。

Eでジャンジャカジャンとしばらく弾いて、さてどこへ移ろう。

思い切って左手をG#mまで引っ張ってみる。

そのあとネック上段へ戻ってA、またE、そこまでを繰り返し。

どんなことでもシンプルがいい。

だからもうサビへ行ってしまおう。

どうしよう、Cでいいや。

Cは人差し指をはずすとCM7となり、ちょっとオシャレな音色に変化する。その後にGをおさえると安定する。ギターコードは短歌や俳句のようにある程度の型がある。

Gの後にB7、そうしたら最後はEm。とても単純なコード進行だ。

その単純な音の流れの中に、可能かわからない想いを流し込もう。歌詞と歌によって。

「ミルクと毛布」という曲が、明け方にはできあがった。

泣くのが仕事だ赤ちゃん

ミルクと毛布で笑った
あがなえる人に会ったのかい
ゆるされる声で眠るのかい　ぐっすり

泣いたら終わりだ僕ら
ミルクと毛布をさがして
つぐなえぬ者達は夜の中
眠れずに何度も寝返り　朝はまだ

ミルク　ミルク　やさしさの海
冷やしてはダメさ　人肌にして
毛布毛布　おくるみの森
汗ばませる前に　人肌がいいよ

泣くのが仕事だ赤ちゃん
ミルクと毛布で笑った　さあ
あがなえる朝はくるしさ

許される時だってくるだろう　いつかね
ミルク　ミルク　ララ　ララ
毛布　毛布　ララ　ララ

人肌でいて

「絶対の、安らかな眠りに、いろいろあっても人は最終的にそこに戻って行くことができる。だから、いろいろこれからあるけれど、今は安心して眠って、朝が来たら、安心して目覚めていいんだよ…それを繰り返していけばいいんだよって歌だよ」

「ふ〜ん」

「ミルクと毛布」を歌ってみせると彼女は、彼女の長い髪の毛をつかんで遊ぼうとしている小さな女の子の小さな手をやさしく払いながら「そういうふうに、オーケンは思っているの？」と聞いた。

「うん…いや、そう願っている」

そう願っているのだと思う。と、僕は重ねて答えようとしたが、またひらひらと蝶のように舞って赤ちゃんの手が僕のJ―200Mのお花模様のピックガードにのびてきたので、言葉の最後のあたりはたまたま押さえていたCM7のオシャレな音にかき消されてたぶん誰にも聞こえなかったと思う。

じゃあな

ＦＯＫ46としての活動は２０１３年２月２日をもって終了することになった。13年の２月６日には47歳の誕生日を迎える。だからその４日前に行われる吉祥寺《きちじょうじ》での弾き語りライブがＦＯＫ46としてのラストとなるわけだ。

まさかゴダンのエレアコを手にした冬の日から数年で、自分が弾き語りのライブをすることになるなど夢にも思ってはいなかった。

結局、簡単なコードストロークとプリミティブなアルペジオしかできるようにはならなかったけれど、吉祥寺では10数曲を、一人とギターのみで歌う予定だ。始めればなんでも、それなりに結果は出るのかもしれない。

『ラストナンバーは何にしよう』

２月２日、ライブ当日の昼になってさえ僕はセットリストを決めていなかった。

バンドなどと違って、その時々の気分でいかようにも曲目が変えられるのが弾き語りのいいところだ。

持っていくギターにしたって、その日の気分で好きなものを持っていくことができる。家には七本ほどのギターが転がっていた。弾き比べてみると、それぞれ異なる音色がする。ボディーがあって、ネックがあって、どれも同じような形状をしているというのに、音色は、軽かったり重かったり、乾いていたり湿っていたり、どれもが違う、決定的に違う。

ただ面白いのは、その差異を強く感じているのは弾いている当人だけであって、多くの観客にとっては、音色の異なりなどあまり気になってはいないというところだ。よほどのギターマニアは別として、たいがいの観客は、人の奏でる音色の微妙な際《きわ》を気にしない。どれを良いとも悪いとも、まして楽しげだとか悲しげだとか気が付くことはあまりない。

だから人は、各自が好きなものを抱いてその日の気分ででかければそれでもうＯＫなのだ。どんな音色も、悪いわけではないと思う。素人考えだけれど。

ギブソンＢ-25とギブソンＪ-50を選んだ。

そしてＦＯＫ46としてのラストナンバーは、「ｃｏｙｏｔｅ」にしようと決めた。池の上陽水の曲だ。

ただこの日、ライブではラストに「じゃあな」という曲を弾き語った。
※中原中也《なかはらちゅうや》の詩をあちこちに混ぜ込んだ、旅立つ人（それは友人であるかもしれないし恋人であるかもしれないし肉親であるかもわからない）に対して贈る、別れの歌だ。
G↓E♭↓Fでの前奏、Fをローコード C のフォームで人差し指5弦に引っぱってくると弾きやすい。三つのコードをもう一度繰り返して、Gに戻って歌に入る。

じゃあな
こんないい日に　さよならなんて　それは
ああ
いつか　旅立ち来ると知ってた
何も贈るもの　用意ない
「そんなのいいよ」
と、笑って歩み出す者呼び止め　今
中也の詩をくれよう
ポッケに偶然入ってたのさ
用意したんじゃないぜ

いつか　ある日目覚めて（午睡の夢から）
一人きり
そんな時があるなら　呼んでくれてもいい
「へっちゃらだよ」
と前を向いて消えていく
君呼び止め　さあ
中也の詩集をあげよう
実はね　用意してあったんだよ
ゆあーんゆあゆよーん
ゆあゆよーんゆよーん
夏の夜に夢が破れて　秋日狂乱デーデー屋
冬は狐の革ごろも　悲しみも汚れる時さえあるにしても
サーカスのブランコ揺れるように
パラソルを　パラソルをちぎれるばかりに君にふって
ひとまず　さよなら
じゃあな

「じゃあなああっ！」

　とGをかき鳴らし声の限りに歌いながら、たまに、この歌を歌うためにここ数年の日々があったかの、そんな歌に巡り合う時があるよな、とJ-50のネックあたりを見ながら僕は思った。

　弾き語りは一人の作業だ。バンドやセッションと違って、終演後に楽屋でメンバーと語らうこともない。スタッフが物販などに出てしまうと、ポツネンと一人きりでいる時間となる。

　特にすることもなく、その日は持参した絵本をパラパラとめくった。

　パラパラとめくってギグケースにしまいこんだ。逆にギグケースからB-25を取り出すと、池の上陽水の「ｃｏｙｏｔｅ」を爪弾いて、そっと口ずさんだ。

　眠りなさい　眠っていなさい
　起きてても　今日はいい事はない

『そうかなあ、俺らまだ人生の半分過ぎたばかりだぜ。意外にいいこともあると思うよ』

と歌い終わって故人にあえてそう語りかけた。

背後で階段を上る音が聞こえた。数人の、遊びにきたミュージシャンであった。その内の一人が「オーケンすごいじゃん」と手を叩いた。

「ギター始めたばかりの中学二年生くらいには弾けるようになってたよ」

やるじゃんアハハと笑った。

僕も笑った。

素直に、それこそギターを始めたばかりの中二の少年のように、もうすぐ47歳となる僕は、彼の言葉をうれしいと思ったからだ。

完

アンコール編

JJJ

40代半ばからアコースティックギターによる弾き語りの練習を始めた。

それによって何か、エピソードと呼べるべき出来事が起きるのかなぁ、と思っていたら。やっぱりそれなりに起こっている。

たとえば、いきなり谷山浩子※さんから共演を依頼されたりする。

「まっくら森の歌」や「ねこの森には帰れない」、そして斉藤由貴さんの「MAY」などの作曲者のあの谷山浩子さんだ。

大先輩ではないか。大先輩は御自身のライブ「猫森集会※」でぜひ僕に弾き語りをやってほしいなどとおっしゃる。

「いえいえそんな、僕は初心者で谷山さんのライブでやるだなんておそれ多いですよ」と、アワアワ手を振れば谷山さんは「平気よ、だってあたし見たもん。やってよ」と、まったく高校の女子先輩みたいな口調でもって言い訳無用なのであった。

なんでも、六角精児さんを招いて行った僕の小さな弾き語りライブをたまたま観ていて、僕の弾き語った「ノゾミ・カナエ・タマエ」という曲を気に入って下さったらしいのだ。

「だからあの曲はやってね」ついでに何曲か一緒に歌ったりしましょう、とさそっていただいた。

『オレがあの谷山浩子さんとデュエットか…でもまぁ、多くても3曲くらいかな』と思っていたら後日、なんと12曲くらいの音源がドサッと送られてきてビビった。

しかも、ライブは2デイズであるという。こりゃ大変だ、と個人特訓を始めることにした。

弾き語りの特訓は家でやるとして、それ以外の曲に関しての特訓方法は、プロデビュー25周年のオーケン、真っ昼間っから一人カラオケボックス通いである。

ＪＯＹＳＯＵＮＤにて。

男一匹47歳、同年代がキリキリ額に汗して働いている午後1時に、ＪＯＹＳＯＵＮＤに行って「だからっ、お早～ございます～の～帽子屋さ～ん」などと谷山さんの曲を歌いまくった。

さらに、女性キー男性キーを合わせなければならないので、リモコンのキーコントロールボタンをピポピポと上げたり下げたり、その度にスタッフへ「『お早うございますの帽子屋さん』はＪＯＹＳＯＵＮＤ基準で言うところの3つキー上げで」「やっぱり4つ上げで」とメールで指示を入れた。

この、音楽理論をJOYSOUND原理で解析するオーケンの斬新に過ぎる姿勢は谷山さんに相当ツボであったようだ。スタジオでの共同練習では谷山さん自らが「じゃ、次はJOYSOUND2上げてやってみましょう」「あ、そうか、その曲はJOYSOUND通りね。そのままJね」などと僕に合わせて下さり、プロの現場で〝Jの理論〟がまかり通るという世にも奇妙な音楽空間が現出したのである。

しかし〝J〟もなかなか利用価値があるものとも言えたのだ。

ライブ当日、谷山さんのサポートなしにたった一人で「ノゾミ・カナエ・タマエ」を弾き語る時、会社帰りの方も多いきっちりとした〝聴く姿勢〟の紳士的な谷山さんのお客様たちの前で（しかもそばでは谷山先輩がこちらを注目しておられるのだ）、緊張せぬために僕は心で『ここはJOYSOUNDなんだ。俺は今一人っきりでカラオケボックスにいるんだ。何を緊張する必要のあるものか』と、〝Jの魔法〟を自分と自分の抱いているギター・マーティンM-36に言い聞かせて弾き語ってみたらなんとかかんとか歌い切ることができたではないか。

ありがとうJ！ と、一人カラオケに感謝していたら、今度はJはJでもTHE※ RYDERSのJ.OHNOさんが一緒に弾き語りライブをやらないかと声をかけて下さった。

THE RYDERSは筋少と同じ88年にデビューしたパンクバンドだ。

J.OHNOさんは僕より六歳上の人生的にはこれまた先輩である。

THE RYDERSと並行して、ギター・エピフォンEJ-200※一台で最近は弾き語りもしているらしい。

お誘いはありがたいのだけれど、J.OHNOさんは初期クラッシュやラモーンズといったいわゆる労働者階級パンクを歌う方なのだ。必然的にセッションなどはロックンロールということになるであろう。

これがどうにもロックンロールギターが上手《うま》く弾けない僕としては「それだと御迷惑かけちゃうもんなぁ」と二の足を踏んでしまった。

そうしたら先日、J.OHNOさんが「じゃあTHE RYDERSの25周年ライブやるから出てくれよ」と声をかけてくれた。

あぁ歌うだけならロックンロールもパンクも大丈夫ですよ、とOKしたところ、ライブ当日、会場に行ってみたらビョウ付き革ジャンの若者たち…ではなくて、ビョウ付き革ジャンのおじさんたちでフロアはギッチリであった。

25年THE RYDERSを応援してきた当時のヤンチャな若者たちが四半世紀の時を越え、すっかり中年の域に突入しているからそれは当然の光景なのだが、彼らにしてみれば若き日の象徴であるバンドの記念ライブとあって青春の思い出がよみがえったのかなんなのか、もうおじさんたちがダイブしまくり。

飛ぶ飛ぶ、ダイブダイブの嵐なのである。僕はこんなに沢山の空飛ぶおじさんたちというものを生まれて初めて見た。

しかも空飛ぶおじさんたちのその飛行は、若者の行うダイブに対して高度も低いし速度もやっぱり微妙にスローモーなんである。

味といえば味なとも言えるか？　時々、ステージに上がってきてフロアにエイヤッ！　と飛びこんだはいいが、踏み込む力が弱くって、ヒュ〜、ボテッ！　とお腹から落ちていく御同輩も少なからずいてちょっとお体が心配になったものだ。

で、空飛ぶおじさん（言ってみればフライング・ヒューマノイドである）たちをかわしながら、ゲストの僕がTHE RYDERSの中に入ってパンクソングを叫んでいると、まさにヒュ〜、ボテッ‼　とビョウ付き革ジャンの空飛ぶおじさんの一人がフロアからステージにころがり落ちてきた。

「わわっ！」と焦って足元を見たなら彼の頭部は見事な金のモヒカン刈り…ではなく、アニメ「サザエさん」における磯野波平の、あのツルリとして両サイドに申し訳程度に髪の残ったまったくそのもの昭和お父さんのヘアスタイルだったので思わず「じぇじぇじぇっ！」と僕は2013年流行語大賞的に驚きの声を発したと同時に『そうだよなぁ、オレも含めもうみんないい歳だもんなぁ』なんて、パンク25年という時の流れのその長さにちょっとしみじみしたものだ。当の革ジャンの波平と言えばテンションン上がりまくりの状態であったようだ。立ち上がるやいなやオーケンに抱きつき、何やら「うおおおっ！」と興奮のおたけびを上げたかと思えば、ああなんということだ、思い出しても今、鳥肌が全身に立ってしまうんだが、なんということだ、革ジャンの波平は僕のほほに熱い熱いキスをして、そのまま我がほっぺをベロリンと舌でもってなめたのである。じぇじぇじぇ～（使い方が合っているのかそもそも『じぇ』の回数が二回なのか三回なのかわからないんですけど）！

『弾き語りライブにしておけばよかったか』

不得意でもちゃんとロックンロールギターを練習して、Jさんとのアコギほのぼのライブにしておけば、革ジャンの波平の接吻《せっぷん》からは逃れられたであろう。

でも、ま、なんでも経験。

猫森集会もTHE RYDERS25周年もライブ自体はとても楽しかったし、谷山さんにもJ.OHNOさんにもよくしていただいた。THE RYDERSデビュー25周年おめでとうございます。

革ジャンの波平さんも今ごろ我に返って『いくらその場のノリとは言え、…大槻ケンヂのほほをなめることはなかったよなぁオレ』ちょっと反省しながら日常の生活に戻っているかもわからない。そうであってほしい。

「さーて来週のサザエさんは『マスオ、おみやげを忘れる』『カツオ、リレー代表になる』『波平、革ジャンで空飛んで大槻ケンヂにチュ〜♡』の、三本で〜す」ジャンケンポン！　そんな「サザエさん」は嫌だ。んがぐぐ。

妄想愛娘《まなむすめ》とギター散歩

『やめようもうやめよう』と思いながらついついしてしまうことというのがある。

僕の場合のそのひとつは、「妄想愛娘とギター店めぐり」である。

もうひとつ告白するなら「妄想愛娘にギターを教える」なのだ。

それを妄想しながら一人ニヤニヤするという、書いていて自分が今、恥ずかしいやら情けないやらなんなのやら、もうわからなくなるくらいのやめようやめようもうやめようなのである。

40代半ばにして突然アコースティックギターの弾き語りに興味を持って以来、ギターショップを見てまわるという趣味ができた。

特にお茶の水から神保町にかけては多数の楽器店があって一日いても飽きない。

ギブソン、マーティン、K．Yａｉｒｉとさまざまなメーカーの機種をながめて歩き、神保町には古書店も多いからそちらで古いSF小説なども見繕う。これまた周辺に何軒かある昔ながらの喫茶店へ入ってお茶を飲む。一休みしたら今度はヴィンテージを中心に見てめぐるべく、また人いきれの町へと出て行くわけだ。

とても楽しい。常に脳内が興奮物質で満ちあふれる40代からの趣味散歩だ。

僕は趣味は一人でエンジョイしたいタチなので、必ず一人きりで出かけている。

ただ、いくら一人が好きでもやはりどこか孤独はさみしいものなのであろう。時々『誰かついてきてくれないかな』と、ふと思う。

こういう想いは30代まではあまりなかった。

とは言え、一人はさみしいが他人といるのはちょっとうざったい。自分勝手なのだ。

そこで僕はたまに、空想上の趣味パートナーを脳内で作り上げる。連れのいる体で、その言わば〝エア相棒〟とお茶の水、神保町あたりを散策している。

エア相棒は妄想愛娘である。

あの大槻ケンヂでさえ40代ともなれば父性に目覚めるということなのであろうか。

高校生くらいの、そろそろいっぱしのことを言うようになってきた歳ごろの娘が僕にいて、彼女がある日、「パパ、あたしギター始めようと思うんだけど、何買ったらいいかとかわかんないから、ついてきてくんない？　お茶の水に」

なんてことを言い出すわけだ。

「え？　お前、音楽は興味ないって言ってたんじゃないか？」

「パパのやってるようなうるさいのは興味ないって言ってたんだよ……ジ◯ニーズの◯◯くんが弾き語りするんだよ。アレはかっこいい♡　ああいうのやりたい」

「…◯◯くん、ギターは何だ？」

「知らないけど、アコギだよ」

「うまいのか？」

「うまいんじゃないパパよりはそりゃ？　わかんないよ。ついでに弾き語りも教えてよ」

「ギターをか？　俺が人にギターを教えるってか⁉」

「だってよく弾いてるじゃん」

「弾いちゃいるけどアレはレベルが…」

「とにかくついてきてよね、土曜の午後一にお茶の水のロッテリアで待ってるから」

わかった行くよ、とパパ答えて、妄想愛娘のギター選びについていく…という妄想をしながら46歳が一人お茶の水の坂をホテホテと歩いているという荒涼とした現実の風景になんだか熱いエモーションさえこぼれ落ちてしまいそうなわけであるが、妄想は続く。

妄想愛娘は坂を下りながらパパに尋ねるのだ。

「あのさパパ、ギターってさ、どうすれば弾けるようになるの？」

「ああ、パパは楽器がまったくダメでね、譜面も読めない。だからギターを始めたときにいろんなミュージシャンに弾き方をたずねてみたんだ。ホラ、パパの周りはうまい人ばかりだろ。でも、逆にそれは楽器初心者にはいい環境ばかりだとは言えないなと思ったな」

「どういうこと？」

「彼らは、楽器の弾けない人がなぜ弾けないのか、それが理解できないんだよ」

「ああ、もともとうまいから」

「そうだね。うまい人は、うまくない人が楽器についてどこから理解していないのか、それも理解できていないところがある」

「スタート地点が全然ちがうんだね」

「うん、英語で言ったら、彼らはアルファベットを知らない人に、いきなりヘミングウェイ※を原書で読ませるようなことをしようとするからね」

「パパだったらどう教える？」

「えっ⁉　いやぁ、パパはなんちゃって弾き語りしかできないレベルだからねぇ…でもアレだなぁ、なんちゃってギターしか弾けないレベルだからこそ教えて上げられることってあると思う。できない人のできない意味がわかるからね、わからない人がどこからわかっていないかわかるからさぁ」

「うん、で、どうすればいいの？」

「チューニングの仕方を覚えたら、理論はすっとばして、まず※ローコードのC、D、E、F、G、A、Bのメジャーとマイナーの押さえ方を覚える。手がフォームになじむまでひたすら反復練習。次にコード表のついた自分の好きな曲の譜面をどこからか見つけてきて、わからないコードも出てくるけどそれは今まで習ったもののバリエーションだから、意外に手が動くようになっている。で、その曲を反復練習。必ず足でリズムをとりながら。リズムボックスは一度ずれると終わりだから、足の方がいい。そんだけ、まずはそんだけやることが重要さ。そうすればパパレベルのなんちゃって弾き語りは誰でも必ずできるようになるさ」

「いくつからでも？」

「40代からでも」

「じゃあ、あたしなんかまだ10代だから、すぐに◯◯くんくらいにも弾けるようになるかな？」

「また◯◯くんかよ。◯◯くんのギターテクを知らねーっつってんだよ」

「なんで怒ってんのよ。あ、パパ、これこれ、これ◯◯くんの使ってるギターと一緒のもの」

「テイラー※だ。これは廉価のエレアコだけど、◯◯くんは多分高いバージョンのを使ってんだろな。ナマイキだなぁ◯◯。許せねえなぁ」

「パパ、これ、欲しい」

「え？　そう来たか。やだよ。自分で買え、バイトしろ。楽器は自分の金で買え。そういうもんだ。第一な、なんでジ◯ニーズの◯◯くんの弾き語りを目指す娘にギターを買ってやらにゃあかんのだ。アホらしいまったく」

「パパ、◯◯くんの話はウソだよ」

「ウソ？　え？」

「本当は、パパが弾いてるのを見て欲しくなったんだよ」

「え…え…いやぁ…だってパパ、下手っぴじゃないかよ、そんなお前…」

「下手なのに一生懸命弾いているパパの姿に憧れたの」

「…お、お前…まっ廉価版のテイラーはナットも高価版よりは細くて初心者にも弾きやすいし…う〜んムニャムニャムニャ…」

娘の見え見えの戦術にコロリとやられたパパは一気に散財。

娘はゲットしたギターにバッチリと◯◯くんのステッカーを貼って、しばらくは◯◯くんのヒット曲をけっこううまく弾き語っていたが、やがて飽きたのかパタリとやめ、ギターも彼女の部屋からいつしか消えてしまった。

「買ってやったギターどこへやった」とパパが聞くと、「ん？ちょっと友達に…」と娘はゴニョゴニョ言葉をにごすのであった。

数ヶ月後、都内のライブハウスで、ジ◯ニーズの◯◯くんのステッカーを貼ったアコギを弾く男子高校生（イケメン）ミュージシャンに、大槻ケンヂがいきなりつかみかかるという事件が勃発することとなる。

…てなことを妄想しながら、ニヤニヤしたり「てめえ、まさか彼氏か‼」などと独り言を言いながらお茶の水、神保町を行く妄想愛娘とオーケンの散歩…う〜ん、今回ばかりは赤裸々に書くもんじゃなかったな〜と、今猛省している40代半ばの秋なのだ。

彼のギターは何か？

自分がアコースティックギターに興味を持つようになると、人のアコースティックギターも気になるようになってきた。

今まで何とも思ったことがなかったのに、「そうか、筋肉少女帯のギタリスト二人はどちらもタカミネなのか」「なるほど、橘高くんはガットを弾く時はギブソンの※チェット・アトキンスなんだ」といったことに気が付くようになった。で、二人に近づいていって「ギター、タカミネなんだね」などと声をかけては『…ですが、何か？』という顔をされる結果となるのだ。

　無理もない。何十年も一緒に演奏してきたメンバーに楽器のメーカーを指摘されたところでそりゃまあ「は？」ってなものである。

　メンバーに即行でスルーされつつ、テレビを観ていても、画面にアコギを持った人が登場する度に『彼のギターは何か？』と気になって仕方がなくなってきた。

　メーカーくらいなら認識できるものが多い。たとえば※マキタスポーツさんが永ちゃんのものまねをしながら弾いている愛器はゴダンである。「なんでだろ～」の※テツandトモのギター奏者の方がかき鳴らしているのは※モーリスだ。※AMEMIYAさんは小ぶりのタカミネを抱えて「冷やし中華～始めましたぁぁぁっ」と絶叫している…何で芸人さんのギターばかりを例に出してしまったのか自分でも今とっても謎なんだが、CMを観ていてさえアコギが登場するやグッと身をテレビに乗り出してしまう。

　ボラギノール（「痔《じ》に～はボラギノ～ル」のボラギノール）のCMに一瞬、アコギを抱えた人（言わずもがな痔持ち）が映る。そのドレッドノートはパッと見※ギブソンのハミングバードだ。う～ん、いやいやピックガードの色味から推察してアレはギブソンではなくエピフォンのモデルに違いない。

「間違いないって、ボラギノールのアコギはエピフォンなんだって。俺は気付いたのさ」

「…それが、何か？」

結局またしてもバンド仲間などに「は？」という表情をされるだけの結果になるのであった。

そんな調子だから、街へ出てもアコギが気になるのが困ったところだ。

東京はどこへ行っても駅前などにストリートミュージシャンがいる。彼らの弾いているギター（演奏ではなくメーカーや機種）が気になるのだ。

メーカー名を確認するためにギターのヘッドばかり見ている僕はどこでも彼らに不審がられている。そんな中、ある日街中で、機種名などまったく気にならなくなるストリートミュージシャンを見て驚いたことがある。

40代半ばであろうか。

ならば同世代だ。くたびれたコートを着た彼は背中にギターの入ったケースを背負い、体の前面には「ギター教えます」と書かれたプラカードを提げて「はなまるうどん」からスッと出てきた。

『彼のギターは何か？』と僕は例によって思い、ちょっと後をつけてみたのである。

すると彼は駅前の広場に座り、ギターを取り出した。ガットギターであった。

ガットはヘッドにメーカー名のないものが多く、彼の愛器もそうだった。

判別不明を残念に思いながら、彼の首から提げたプラカードの文面を読んでみた。

それによると昔、ある有名なグループで弾いていたらしい。脱退後、〝独自の奏法〟のようなものを自分なりに発見したそうな。今はそのオリジナルの奏法を広げるべく、こうして駅前に座り続けているのだそうだ。

ギターも人生もいろいろだと思った。

プラカードを首からはずすと彼は、譜面立てを自分の前面におき、アルペジオでの運指※を始めた。

それから連日、彼を駅前で見るようになった。

ひねもす駅前でアルペジオをしている。一時期は駅前に置かれた彫刻であるかのようにそのギタリストは日常の風景にとけこんでいた。

しかし僕は気が付いていたのだ。

日常に思える彼のギターを弾く姿が、実は明らかに奇妙であるということを。

なぜなら、一日中右手の指を動かしているというのに、彼のギターからはまったく音が出ていなかったのだ。

どうして？

彼の右手の指が弦に触れていないからだ。

どういうこと？

彼が自分の前に立てていたのは、譜面立てではなく、小さな鏡を取り付けた台であった。

彼は、その鏡に映る自分の右手の動きをただじっと一日中見続けていたのだ。何日も何日も。

彼のように、持っているギターより人物の印象のほうが気になるストリートミュージシャンはごく稀《まれ》にだけどいる。

〝鏡の右手の人〟がいるのとはまた別の駅前で、僕は車椅子のストリートミュージシャンを見たことがある。

あるとても暑い日の午後、降り立った駅前の端のほうで、彼は車椅子に座ったまま眠っていた。

彼の片足は膝のあたりからなかった。

何かの病が悪化されてしまった方ではないかな、と僕は思った。

眠っている彼の横にアコースティックギターが背中を向けておかれていた。裏面を向いているから機種名などはわからない。

でも、僕は珍しく、そんなことより『彼のギターはどんな音を奏でるのだろうか』

と思った。

やはり片足のない、何かの病に苦しんでいるらしい車椅子の方が僕のよく行く駅前にしばらく居着いていたことがあった。

やがて眼帯を目に当てるようになり、どんどんやせていった。そしてある日ふっと駅前からいなくなった。開いている方の片目が道行く人々に対し、何か自分を訴えたいと願う強い心からの意志でギラギラ燃えるように見えた。僕は通り過ぎる度その視線に射貫かれたような気がして正直怖かった。

だが今、眠っている彼のかたわらにはギターがある。

それは、自分の想いを道行く人々に訴えるための、言わば武器があるということだ。その武器を用いて、一体どんな音色を奏でるのだろう？

それは、J-POPなどを軽快に弾き語るストリートミュージシャンたちとは、一線を画する、何かすごいものなのではあるまい？　圧倒的な説得力で奏でられるのではないか？　勝手に僕はそう思った。

翌日、一転して天気は冷たい雨となった。しかし、それでも彼は駅前にいた。駅前にいて、車椅子に座ったまま、雨のなかでギターをかき鳴らしていた。

そのギターは…彼のギターは、言っちゃなんだが、上手いとは言えなかった。僕ぐらいのレベルであった。

とてつもない演奏や音楽を想像していたがために、ちょっとガクッとなったことは認めざるをえないところだ。

しかし、失礼ながら楽とは見えぬ境遇のなかにあって、道行く人々に自己の存在を叩《たた》きつけるべく（想像だが、叩きつけているのだと思う）駅前にたどり着いた彼の、武器でありパートナーに選ばれたものが、一本のアコースティックギターであるのなら、それはもう、メーカー名や機種名なんて、どうでもいいことだよなと僕は思った。

キカイダーのルシアー

一人はさみしい。人といるのはわずらわしい。

そんなように対人関係を捉えているところのある40代の僕は、人と物との中間あたりにある存在としてギターを考え、友として相棒として、それを抱えて下手っぴに爪弾きながら、夜に酒を飲むことが多い。

まるで往年のフォークソング「真夜中のギター」※の歌詞そのままの姿である。

酒のツマミに昭和の特撮ヒーローテレビ番組を観ながら「お、そういやジローの弾いてるギター、どこのだ？」などとモニターに目を近づけたりしている深夜0時なのだ。

昭和の特撮ヒーローにはギターを抱えて諸国をさすらっているものが何人かいた。それは小林旭の演じた「ギターを持った渡り鳥」の流れ者のイメージからの産物なのであろうが、「人造人間キカイダー」の主人公ジローと、「怪傑《かいけつ》ズバット」のヒーロー早川健のギターを奏でる姿は特に印象的であった。

前者は、天才科学者の光明寺《こうみょうじ》博士が作った人造人間だ。普段はギターを背負った青年ジローの姿でサイドカーに乗り、旅をしている。

後者は、天才科学者の飛鳥《あすか》五郎が遺《のこ》した設計図をもとに、彼の親友・早川健が強化服「ズバットスーツ」と特別車「ズバッカー」を製作。自らヒーロー「ズバット」を名乗り悪との戦いの旅に出る。

で、旅のかたわら白いギターを弾くのだ。

ギターに興味を持つまで考えたこともなかったが、そういえば彼らのギターってどこの何だろう？

ジローも健もケースに入れず背中に背負って旅をしているのだ。雨の日も風の日もあるのだ。よっぽど防水にすぐれたギターでないともたないはずだ。スティール弦はすぐさびるだろうから、ナイロン弦のガットギターである可能性が高い。

ワシントン州で製作されているらしいレインソングというアコースティックギターは、グラファイト（黒鉛）で作られた完全防水楽器なのだそうだ。レインソングにはガットギターもあるようだ。とは言え、キカイダーやズバットの時代にはまだレインソングはできていなかったと思うのだ。仮にプロトタイプなりがすでにあったとしても、何せ天才科学者の手によるヒーローなのだ。その背に背負われるギターだって、レインメーカーの登場を待つまでもなく、ジローの場合は光明寺博士が製作、早川健の場合は飛鳥博士による全天候型ギターの設計図が遺されており、それをもとに健が〝ズバッギター〟を作った、と考えた方が妥当ではないだろうか。

これはヒーローの歴史、そしてギター製作史上の大盲点であるかもわからない。ヒーローを産んだマッドサイエンティストたちはまた、いかなる過酷な状況にも対応可の夢のギターを製作することのできる弦楽器製作家……いわゆる、ギター用語で言うところの、ルシアー、でもあったのだ（設計図をもとに製作したなら、早川健もまたルシアーの一人ということができる）。

我々がヒーローに対し、その悪との戦いばかりに目を向けてしまっていたのは仕方のないことだ。だがもし昭和の昔、ヒーローたちの持つギター、その製作技術に着目する者があったなら、ルシアー光明寺、ルシアー飛鳥らのギターにかけた夢は今に受けつがれ、時に大雨の降りしきる野外夏フェスなどにおいて「え〜いしゃらくせぇ、雨がなんだってんだ。こっちにはこいつがあるんだよ！」と、ズバッギター（ズバッピエゾピックアップ搭載）を抱いたロッカーがむしろ自ら自然のシャワーの中へ突っ込んでいく勇姿などが見られたかもしれない……。

だがそれにしても、マッドサイエンティストルシアーたちは、何故にギターなどというものをヒーローたちに作ってまでして与えたのであろうか？

そもそもかさばるじゃないか。別にギターで攻撃するわけでも無いし。不思議でならない。

だが、ギターに興味が湧くようになり、テレビの中でギターを爪弾く彼らを夜更けに見ていると、なんとなくマッドサイエンティストルシアーたちの気持ちがわかるような気がしてくるのだ。

一人はさみしい、人といるのはわずらわしい。

大人になってみるとつくづく思うこの感覚は、大人になりきれない大人の、自らの実年齢と幼稚性との矛盾から生じるものである。かくあるべき個の自分と、社会性の中のかくあらざる今の自己との、葛藤の作る孤独感なのではないかと思う。

ヒーローは正義のために悪と戦うけれど、正義の定義は明確ではない。

悪の結社からしてみれば自分たちこそが正義なのであり、ヒーローこそが悪である。

そもそも正義だなんて幼稚《ようち》である。

万能の力を与えられながらヒーローは、こうして自らの幼稚性との矛盾《むじゅん》とも戦わなければならない運命にある。

ゆえに孤独にとらわれる。

孤独にとらわれながら旅をする。

旅をするからなおさみしい。

一人はさみしい。

でも、自分は特別な個であるはずだから、人といるのはわずらわしい。迷惑をかけてしまうかもしれないし。ならば、そんな彼に友を、せめて相棒を。

人と物の中間あたりにあって、彼の孤独を癒す何かを。

何がいいのだろう。それは異能の孤独者をこの世に産み出す者としての、せめてもの贈りもの…あるいは贖罪《しょくざい》であるのだ。

「いいものをあげたい」

でも何が彼の孤独にふさわしいのだろう?

「そうだ、ギターだ」

と、そこでマッドサイエンティストたちがハッと気付いたその理由は、研究疲れに何となく入った映画館で観た小林旭の、ギターを持った渡り鳥シリーズだったりしたのかな〜やっぱり、などと思いつつ、自分の産み出すヒーローという異能の孤独者の心を癒すために、かさばって旅に不向きなギターというアイテムを与えてしまう贈りものとしてのバランス感覚の悪さは、さすが天才科学者ならではの不器用さ、学者バカ、をまさに表してもいる。

それでも博士の気遣いを受け入れて「邪魔だなギターおい」と思いつつも（運命と共に）ちゃんと背負ってくれるヒーローの側の優しさも際立たせている。

つまり昭和特撮ヒーローにはあらためてギターが似合うなと深夜に思ったものである。

ギターよ孤独な者の心を癒せと思ったのである。

思いもよらないケーシー

思いもよらぬことをすると人の脳は思いもよらぬ反応をするものである。

30代の前半に、唐突に空手を始めたことがあった。

根っから非体育会系であり、そもそも運動神経も皆無の僕が、いきなりそんなことを始めた理由は、いろいろあったがつきつめるなら弾き語りを始めたときとそれは多少似ていたように思う。

するとどこから聞きつけたのか空手専門誌の編集長が「ならば空手の試合に出ませんか？」と持ちかけてきた。

「え、いえいえそんな。思いもよらないことですよ」

「大丈夫です。空手の試合経験のない初心者しか出られない大会があるんです。防具もつけるのでケガもしないですよ」

まさに思いもよらぬ展開となった。

断りきれず、また「一生に一度くらい空手の試合に出るってアリかもな」と好奇心もあった。出場することとなった。

グローブ、ヘッドギア、胴にもスネにも防具をつけてボコボコと殴り合うのだ。よりにもよって対戦相手は元プロボクサーであった。

いざ試合が始まり、左こめかみをフックで殴られるや強い衝撃が走った。アレはどういう神経その他の体内情報伝達なのか？反対側の右半身がびりびりと電気を当てられたかのようにしびれたのを今でも感覚として体が記憶している。

そしてその瞬間にケーシー高峰のことを思い出したことも。

『ケーシー高峰は正しかった！』

医事漫談の芸人、ケーシー高峰さんである。

人生初の空手の試合中、まさかケーシー高峰のことを考えるとは思いもよらなかった。

ケーシー高峰のほとんど放送NGのギャグに、「人は左脳をやられると右半身がマヒをする…これが本当のサノ（左脳）ヨイヨイってんだ」という老人にのみ大爆笑のギャグがあるのだ。それを、右フックを左脳にもらって右半身がしびれたときにパッと僕は思い出したということだ。思いもよらぬことをすると人の脳は思いもよらぬ反応をする。

ついでに似たような話で言えば、今から20年くらい前だったか、喧嘩《けんか》芸骨法《げいこっぽう》という武道の先生に、遊びで技をかけてもらったことがあった。

先生は笑いながら僕の手首をほんのちょこっとだけひねった。僕は心で絶叫した。

『戦争反対いっっっ』

想像をはるかに超える、思いもよらぬ激痛であったのだ。

体全体がその痛みに全力で拒絶反応を起こすのがわかった。なかでも脳は、痛みを一瞬にして拒むべきものと反応したようで、痛み↓絶対にナシ↓痛み自体を否定↓痛みの起こりうる状況とは何か？↓例えばそれは戦争である↓ならばそれを否定↓戦争反対！

その、論理飛躍の思いもよらぬ反応が、僕に突然の反戦思想を心で絶叫させたというわけなのである。

…40代半ばからギターの弾き語りを始めるという思いもよらぬ人生の展開を始めた。

もちろん、それに対応しきれない脳が、いろいろと思いもよらぬ反応を示すわけである。ゲームで言ったら〝バグ〟が生じるのである。

筋肉少女帯の橘高文彦氏、※人間椅子の和《わ》嶋《じま》慎治《しんじ》さん、そしてROLLY※さんと野外でアコースティックライブを行ったときのこと。

ギターの達人が三人もそばについてくれるのは安心もするが、逆に緊張もするものである。とんでもない失敗をやらかして足を引っ張っては申し訳ないではないか。

それでもライブは快調にスタートした。

まず橘高氏と二人でアコギで弾き語りを始めた。

つめかけたお客さんも楽しそうに聞いている。

『ああ、今日はなんとかなりそうだ』

と、気を緩めたその瞬間であった。擬人化するなら〝ゲーシー〟と呼ぶべき思いもよらぬバグが突如、僕の脳に生じたのであった。

『右と左が違うっ』

そう思い、僕は弾き語りながら青ざめた。

『右と左と違うものが入っているっ』

とガク然となった。わかりやすく言えばこうだ。

『オレの今見ている歌詞付きコード譜面を入れたファイルの、左ページと右ページに、違う譜面が入っている！』

しかも本来左右2ページで1曲分の譜面の、左ページは今歌っている曲の一番分のものであるのに、2曲目からの右ページに、まったく別の譜面が入っているという、それはもうあってはならない大問題であった。

さらに、今まさに、僕は左半分の譜面までを歌い切ったところなのだ。

『〝ケーシー〟だ。これはケーシー高峰現象なのだ』

思いもよらぬことを始めたための脳のバグが引き起こした見間違えと、僕は左右ページ違いの理由を判断した。

だっていくらなんだって左右異なる曲をファイルに入れるなんてそんなミスを、いくら初心者とはいえ、するわけないじゃないですか。

『きっとこれは右フックに「サノヨイヨイ」と思い出したときや、喧嘩芸骨法の技に「戦争反対」と叫んだときと同じ理由、いわゆる脳のケーシー高峰現象を起こしているのだ。大丈夫、落ち着け、落ち着いてもう一度譜面を見ろ、そうすればケーシー現象を取っ払ったお前の目前には、きちんと左右同じ曲のファイルが現れるはずだ』

そう思い、気を落ち着かせて譜面を見直した。ところが、見直したら、やっぱり左右違う曲であった。

思いもよらぬことを始めたために起こった思いもよらぬ脳の反応、ではなかったのだ。

単に歌詞カードを左右入れ間違えたのだ。

初心者にしてもあんまりの準備不足であったのだ。

『…わわわわわっ？　どうしようこれ⁉』

と、その時であった。

『あ、こいつなんかアワアワしてやんな』と思ったらしい客席から、一斉に合唱が始まったのだ。しかも、こんなフレーズを彼らは連呼し始めたのだ。

「大丈夫大丈夫大丈夫大丈夫大丈夫大丈夫大丈夫だよねえ〜」

左右異なる譜面ファイルの左側に入っていたのは、奇しくも「大丈夫」という言葉を何度も繰り返す筋肉少女帯の「蜘蛛《くも》の糸」という歌であったのだ。

心優しいオーディエンスは、偶然とはいえ、「大丈夫」というリフレインでアワアワの弾き語りビギナーを励まし、フォローをしてくれたのだ。

思いもよらぬことを始めると思いもよらぬバグが突然生じる。

それはケーシーであったり戦争反対であったり大丈夫大丈夫の大合唱であったり、時にバグをミラクルと呼んでいいような場合もあるのである。

いずれにせよ、そのバグだかミラクルだかは、始めなければ生じることはないのだ。

何か新しいことを。いくつからでも。


ちなみに譜面ファイルの右ページに入っていた曲は「ノゾミ・カナエ・タマエ」というタイトルであった。シンクロニシティか。

少しだけしゃべるギター

前前回、ヒーローの抱くギターのルシアー（弦楽器製作家）について書いた。

実は思い出だけをたよりに資料を見ずに書いた。ガキの頃に観たテレビの記憶に関しては、脳内修正も含めてガキの頃の思い出なのだからそれでもいい、との判断からであった。

でも気になって、書店で『昭和石ノ森ヒーロー列伝』という本を買ってキカイダーやズバットについて見直してみたのである。書名の「石ノ森」とは言わずもがな昭和ヒーローの創作王・※石ノ森章太郎先生のことである。

するとああそうだったのか、と40代になってヒーローのギターがわかることの面白さ。

人造人間キカイダーに変身するジローの抱くギターは、胴の薄い、マーティンで言うところの000《トリプルオー》サイズの赤色だ。旅仕様ということでホールドしやすくしたのか、ボディー上辺と底部でストラップを止めるようになっている。

ガットギターではなかった。スティール弦だ。裸で持ち歩いたら弦が錆びるだろう。いちいち張り替えがメンドーそうだ。アルトベンリをくるくるまわして弦替えしている時にハカイダーに襲われたらどうするんだ？

これに対して快傑ズバットに変身する早川健のギターは白色のガットである。ガットなのでおのずとサイズも小ぶりだ。しかも驚くべき改造がそのギターにはほどこされていたのだ。

ギター裏面がパカッと二つに割れるようになっていて、早川健が快傑ズバットに変身するための「ズバットスーツ」が、その中に収納できるようになっているのだ。なるほど便利…って、そんなことしたらミュートがかかって音が鳴らないだろうに。一体楽器としてどんな構造になっているのか。ヤマハあたりに真相を究明してもらいたいズバッギターなのである。

本を読むとギターの製作者は健本人ではなく飛鳥の方であったらしい。彼に最強のルシアーの称号を与えたいものだ。

しかし、自分のためだけの世界でただ一台のギターを作ってもらえるだなんて、快傑ズバットもギタリスト冥利《みょうり》に尽きるよなあ、と思っていたら、最近、僕の身にすごい話が浮上した。

なんと、大槻ケンヂだけのオリジナル・アコースティックギターを作ってもらえることになったのだ。

飛鳥に…でなくて、岐阜県可児《かに》市に工房を持つヤイリギターさんが作って下さることになったのだ。

僕のテレビ番組「大槻ケンヂの日本のほほん化計画」の企画として立ち上がったプロジェクト（なんていうと大げさですが）である。

ヤイリギターさんがわざわざパンフレットを送って下さった。これを参考にお好みのスペックを組み合わせたギターをオーダーして下さい、と言って下さったのだ。

なんと恐れ多いことだ。ありがたいことだ。

40代からアコースティックギターを持ち、弾き語りの練習を始めた話を、当連載その他で書いたり語っていたりしたところ、こんなところまで話が広がったということなんだろう。やはりなんでも始めてみることだ。

早速、それはもうウキウキのドキドキでオーダーを出したものである。

「音量はほしいのですがドレッドノートの胴厚が好きではないので、表面積はドレッドだけど胴の厚さはマーティンでいうところの000くらいのものにお願いしたいです。ドレッドノートより大きな表面積を持ちながら000の胴厚を持つ0000（クアドラオー）。別名Mサイズというのがマーティンにありますが、つまりあのくらいの大きさということです。現在、マーティンのM-36を使用しています。気に入っているのですが、個人的にマーティンよりギブソンのデザインが好きで、ですのでヤイリギターさんのギブソンJ-45的なモデル、JY-45をベースとして厚みを000か、それより少し厚いくらいのものを作っていただけないでしょうか。トップの材質はソリッドスプルース、サイド&バックはヤイリギターさんの最上級モデルYSシリーズで使用されている、ソリッド・ホンジュラス・マホガニーにてお願いしたいです。ナット幅は42㎜～42・3㎜、スケールはJY-45の63㎜からDYシリーズなどの64・5㎜に変更願います。

色は、ヤイリギターさんの特別カラーであるハニー・バーストで！　僕はまさに蜂蜜がとろりとこぼれたかのようなこの色がとても好きで、この色彩を抱きたいがためだけにヤイリギターさんのギター購入を何度か考えたことがある程です。そしてピックガードは、これもヤイリギターさん独特のデザインである、YW-800Gのものを付けてもらえないでしょうか。ただ、こちらの色は、ハニー・バーストのボディーにYW-800Gのピックガードのブラックだとメリハリが効き過ぎるかと思うので、たとえば昔のギブソンのものなどにたまにある、飴《あめ》色というんですか、茶色か朱色系の感じに変更お願いいたします。

なおブレイシングなど内部構造に関してはよくわからないのでお任せいたします」

ギターに詳しい方なら一読で「ぷぷっ」と失笑であろう。

いかにも素人丸出しのミーハーなオーダーであると自分でもよくわかる。

見てくれのことばかりズラリと書き述べて、内部はお任せしますとは、車で言えばカラーリングや車高には徹底的にこだわるけど、エンジンはよくわかんないのでなんか入れといてください、ちなみに現在自動車教習所に通っていてもうすぐ仮免試験です…みたいな困ったビギナーのわがまま放題なのだ。

それでもさすが創業40年以上のヤイリギターさんである。すぐに以下のような内容の返信が届いた。

〝ヘッドはいかがされますか？　ギターマニアはまずヘッドの形状を見てどこのメーカーかを判断します。ですので、今回作らせていただくこともあり、ヘッドは一目で弊社のギターであるとわかるYSシリーズなどのものがよいかと思います。また、音に関してはお好みのスペックを組み合わせたからといって、必ずしもお好み通りの音の出るギターが出来るわけでは無いことを先にご理解ください〟

プライドと実績のつまった返信で思わずうなってしまった。

とても「あの、もしよければボディー内に変身用スーツが入るよう裏面がパカッと観音開きになるようにしてください」なんてことはオーダーできない雰囲気なのであった。

もちろん、弾き語りの練習を始めてからずっと考えていた、ギターについての「僕の理想」も、オーダーシートに書くことはしなかった。

「ちょっとだけしゃべるギターを作ってはいただけないでしょうか？」

僕が本当に欲しいギターは、人間の言葉でちょっとだけしゃべることができて、話し相手になってくれるギターだ。

他愛のない会話の相手をしてくれて、うなずいたり、アハハと笑ってくれたり、ちょっとだけそういうことのできる機能を持ったギターがあったらよいなぁ、と思う。

ライブの間は黙っていてくれていい。

別にかけ合い漫才で受けようってわけではないのだ。それより、練習中であるとか、ライブの前であるとか、ライブが終わって一人楽屋に戻ってきたときとか、そんな時に「また間違えたね」「ああ、Dに行くとこをGで弾いちまった」「ある意味それ達人だよ」「アハハ」と二言三言、軽口を交わせるぐらいの間柄であったらいい。

性別があるなら男がいい。

旅先のライブのはねた飲み屋のカウンターで、「おい、ここのシェイカー振っている女のコ、かわいいなぁ」「マーティンならD-45ってとこだね」「え？」「グラマスだ、ボディーも何も」「あぁ、ちょっと手が出ねえな」なんて下世話な話もしやすいからだ。

彼の〝口〟はヘッド部分にあるといいと思う。

ソフトケースの上端からヘッドだけのぞかせて、少ししゃべるだけなら、人間とギターでボソボソ語り合っていても、そんなには目立たないから、怪しまれもせずけっこう長い旅にも行けるだろう。


いつか…もう人生も半分以上過ぎてしまったけれど、いつかギターがそれなりに弾けるようになったら、ちょっとだけしゃべるギターを背負って、一人で、一人と一本で、僕は長い、遠くまで行く弾き語りの旅に出てみたいのだ。


ギター以外は、あまり荷物は持っていかない。

「不便じゃないかい？」

と、次の、どこか知らない町へ演奏に行く電車の中でちょっとだけしゃべるギターに問われたなら「ん？　いや、それが」と答える。

　季節は春だといいなと思う。

　あまり寒くない頃がいい。

「ん？　いや、それが、あんまりいるものって無かった」

「無かった？　忘れてきたんじゃないのかい？」

「そうかもしれない。どうだろうね」

「大切なものとかさ」

「ああ、大切なものか。大切だと思っていたものは、子供の頃に沢山あったけれどね。大人になるにつれ、だんだんそれが数を少なくしていく。で、気づくと、実はあまりなかったんだなと思うくらいになっている。なんかの映画のセリフさ」

「だからってギター一本が残るわけでもないだろ？　弾けもしないのにさ」

「だよなあ。とりあえず相棒だけはほしかったんだよ。でも人はあんまり得意じゃないから」

「で、ギター？　ならそんなもん、犬とか猫でもいいじゃないか。ぬいぐるみとかさ。ホラ、それこそ映画のテッド※みたいな、しゃべるぬいぐるみ」

「ギターでもいいだろう」

「まぁな、でもなんでギターだったんだよ」

「ライブのステージに立てるからね。ライブに立てば人がいる。拍手があって、歌があって、風景があって、ドラマがあって」

「人が不得意なんじゃないのかい？　わかんないな。アンタ、やっぱりいるものが沢山あるんじゃないか？」

「え？　ああ、そうだね。あるようでない。ないようである。でも全部結局は置いていくことになる」

「とか言ってるうちにすぐ到着さ」

「ああ、次はどこの町だったっけ」

「どっかの町だよ」

「この旅をいつまで？　この旅はいつまで？」

「アンタが決めなよ」

「何十年とあるのかもしれない。今日で終わりかもしれない。今すぐかもしれない。どう思う？」

「……」

「黙ったのか。お前がしゃべるのはちょっとだけだものな。じゃあ、今が終わりの時でなくて今日が夜まであるとするなら、夜にライブの終わった後に、また他愛のない話をしよう。意外に大切なものの中に、他愛の無い話っていうのは、入ると思うんだ。

ちょっとだけでいい、他愛の無い話をしたいんだ」

ギターは、本当にいい音が鳴りだすまで、少なくとも40年の歳月が必要とも言われている。

40年と言えば、人の一生の約半分だ。製作された時に入手したとして、はたして所有者はそのギターの最高の音色を生涯の内に聞くことができるのだろうか。

多くの人はそれ以前に永遠の眠りに就く。生前の相棒であったギターは、お茶の水や神保町や大久保あたりの中古楽器店、あるいはネットのオークションなどに流れ、他人、もしかしたら次世代のギタリストの手に渡ることとなるのだ。

40代半ばにして突然、弾き語りの練習を始めた男の持っていたギターが、この先、どういう経緯なのか高校生くらいの、滅茶苦茶にうまい少女ギタリストの手に渡る可能性だってないことはない。

「ね、あのさ、アンタって私の前は誰が弾いていたの？」

そして春の日のどこかの町で、彼女はちょっとだけしゃべるギターにある時語りかけるのだ。

「個人情報流出に当たりますので、前所有者についての質問にはお答えしかねます」

「ケチ！　いいじゃん教えてくれたって。でもわかるわよ。初心者だったでしょ？」

「はい…あ！　いやいやなんでわかるんです？」

「ローコードのフレットばっかり減ってる。単純なコードストロークしかしてないもん」

「ああ、まったく彼はそうでした」

「それなのに打ち傷とか沢山あるのは、ツアーで旅によく持っていったからでしょう？」

「するどい娘さんですね。彼とえらい違いだ」

「どんな町へ行ったの？　私も早くツアーに出てみたい」

「アナタならすぐにプロになれるでしょう。これからどこへでも、どこまででも行ける、アナタにはたくさん、時間がある」

「ね、変な話を聞いたんだけど」

「何です？」

「このギター、地方のライブハウスに置き忘れられてたって。ライブを終えて、ギターを置いて、それっきり…〝彼〟？　はどっか消えちゃってそれっきりだって。その話本当？」

「……」

「アンタたまに黙るよね。本当にちょっとだけしゃべるんだこのギター君は」

「あまり覚えていないんです」

「あ、またしゃべりだした」

「あまり覚えていないんです。意外に、大切だと思っていた記憶は、忘れてしまうもんです。大切だからこそ、忘れてしまうのかもしれません」

「は？　何それ？　お坊さんの問答かなんか？」

「最後に彼が私で歌った曲も、正確には覚えていません。でも、いい曲でした」

「その人の曲？　カバー？　誰の曲だったの？」

「なんとか陽水という人の曲でした」

「井上陽水でしょ。陽水なら私も弾くよ。古典だけど、いい曲多いよね。井上陽水って大昔の人は」

「いや、井上じゃない」

「井上じゃない陽水？　それ…誰？」

「……」

「また黙るんだ！　まぁいいや、後でまたちょこっとだけしゃべろうね。私は歌っているわ。知ってるこの曲？　昔の曲。大して売れなかったから誰も知らない歌。ママがよく歌っていて好きになって耳※コピしたんだ。コピるほど複雑なコードは出てこない簡単な曲なんだけどさ」

　そういって、少女はちょっとだけしゃべるギターのネックにピンク色のカポタストをぎゅっとはさんで、白く長い指で「ミルクと毛布」という歌を、ゆっくりと弾き語り始める。少女はこの曲を歌う時に決まって、『ピックガードに花のもようがあるといいな』と、なぜかいつもそう思う。

アンコール編・完

文庫版あとがき

大槻《おおつき》ケンヂ

本書は、2014年3月に単行本化された『FOK46 突如40代でギター弾き語りを始めたらばの記』を加筆・修正し、改題したものです。修正にあたって、単行本出版時に書いた「まえがき」も直した箇所があります。本書の読み物としてのジャンルについて「エッセイ以上小説未満の妙な一冊」とあるところを、文庫版では「エッセイのような小説」と改めました。僕のエッセイや小説のいくつかは、現実と妄想、虚構が入り混じり、その混合の比率によって、エッセイになるか小説となるか、もしくは「エッセイ以上小説未満の妙な一冊」となる場合もあります。本書を久しぶりに読み返したところ、比率としてはエッセイであろうと思いました。しかし、「アンコール編」ラスト部分のわずか数行によって、妄想と虚構が現実をすっぽりと包みこみ、私小説と呼ぶべき物語と化しているなと感じました。なので、これはおそらく私小説です。

とは言え、エッセイであっても私小説であっても、40代半ばにして突如アコースティックギターの弾き語りを始めた中で、出会い、また別れた数多くのミュージシャン、アーティスト、友人、知人の、人間としての素晴らしさ、才能、努力、そういったものに対して心から感謝をしたくて書いた一冊、という軸については同じであると思っています。皆様、本当にありがとうございました。勝手に私小説に登場させてしまって申し訳ございません。誰一人傷つけることの無いよう、自分なりに配慮しながら書いたという気持ちはあるのですが…。

また読み直すと、40代半ばにしてずいぶんと人生をしみじみ考えちゃっているよなぁと、50代になった今、思います。先日（2017年1月）、渋谷のクラブクアトロで、本書にも登場している遠藤賢司さんの70歳生誕祭がありました。僕もお招きいただき、アコースティックギターで「日本印度《インド》化計画」を弾き語りさせていただきました。エンケンさんのライブは相変わらずのド迫力で、エレキギターかきむしりながらステージから客席へ降りてねり歩くという、とても70歳とは思えぬパワフルなものでした。まったく40代半ばなんてまだまだヒヨっ子もいいところ、と痛感したものです。

でも、40代半ばが人生のちょうど真ん中あたり、という点は確かなことであり、折り返し地点で人は今までやこれからを想ってつい途方に暮れる、というのもまた事実であると感じています。だから本書におけるしみじみは、40代の紛れもないリアルなのだと思うのです。本書に登場するプロレスラーのハヤブサ選手は、16年に47歳で他界されました。心よりご冥福《めいふく》をお祈りいたします。

さて、40代半ばにして突如始めたアコースティックギターの弾き語りですが、その後どうなったかと言えば、50代になった現在でも続けています。筋肉少女帯や特撮といったラウドロックの活動とはまた別に、ギター一本で年に何十本も、全国どこの町でも、季節にかかわらず、春の日でなくても、弾き語りライブを行うようになりました。ギターの技術はさっぱり向上していないけれど。まったく人間とは面白いもので、いつからでもどこからでもやる気になればなんでも、新しいことにチャレンジできるように作られているようです。そして時には、しみじみ、みたいなちょっとネガティブな感情さえ、チャレンジのためのパワーの一つとなるようです。

2017年　1月27日

注釈＆コード一覧

『永遠も半ばを過ぎて』 10P
中島らもが１９９４年に刊行した小説。写植屋、詐欺師、編集者を主人公にシニカルかつコミカルな展開を見せるエンターテイメント作品。１９９７年に佐藤浩市、豊川悦司、鈴木保奈美主演で映画化（タイトル『Ｌｉｅ Ｌｉｅ Ｌｉｅ』）されている。

星新一 11P
作家。４００字詰め原稿用紙にして十数枚程度のショートショートを得意とし、１０００編以上の作品を発表している。代表作は『ボッコちゃん』『妄想銀行』『きまぐれロボット』など。

筋肉少女帯 12P
大槻ケンヂがボーカルを務めるロックバンド。１９８４年、ナゴムレコードからインディーズデビュー。

みのすけ 12P
舞台、映画、テレビなど、幅広いフィールドで活躍する役者。高校時代、インディーズ時代の有頂天にドラマーとして参加。１９８６年〜１９８８年にかけて筋肉少女帯にもドラマーとして参加していた。

太田明 12P
19歳からプロのドラマーとして多くのバンドのサポートなどで活躍。筋肉少女帯のドラマーとして１９８８年から１９９８年まで在籍している。

トイズファクトリー 13P
ミスター・チルドレン、ゆず、バンプ・オブ・チキンなどが所属するレコード会社。１９８８年６月、筋肉少女帯はメジャーデビュー作となるアルバム『仏陀Ｌ』とシングル「釈迦」をトイズファクトリーからリリースしている。

『犬神家の一族』 16P
推理小説家・横溝正史の代表作のひとつ。大富豪の犬神佐兵衛の莫大な遺産をめぐって一族の間で起こった連続殺人事件に私立探偵・金田一耕助が挑む。スケキヨ（犬神佐清）は佐兵衛の長女・松子の一人息子で、ビルマ戦線で火傷を負って、白いマスクをかぶって帰ってきた人物。これまでに何度も映画化、ドラマ化されている。

永井豪 16P

漫画家。1967年に『目明しポリ吉』でデビューし、『デビルマン』『マジンガーZ』『キューティーハニー』『ハレンチ学園』など、多くのヒット作を生み出している。

エマーソン・レイク＆パーマー 17P

キース・エマーソン、グレッグ・レイク、カール・パーマーの三人が1970年に結成したイギリスのプログレッシブ・ロックバンド。ムソルグスキー作曲の「展覧会の絵」を演奏したライブアルバムが有名。

プログレッシブ・ロック 17P

1960年代後半に登場したロックのジャンル。クラシックやジャズの要素を取り入れ、それまでのロックよりも先進的な音楽を志向していたため〝プログレッシブ〟という言葉が使われている。プログレッシブ・ロックバンドと呼ばれているのは、キング・クリムゾン、ピンク・フロイド、イエス、エマーソン・レイク＆パーマーなど。

『タルカス』 17P

エマーソン・レイク＆パーマーが1971年5月に発表したセカンド・アルバム。表題曲の「タルカス」は20分を越えるドラマティックな組曲になっている。『展覧会の絵』『恐怖の頭脳改革』と並ぶ彼らの代表作のひとつ。

レッド・ツェッペリン 17P

ジミー・ペイジ、ロバート・プラント、ジョン・ポール・ジョーンズ、ジョン・ボーナムによるイギリスのロックバンド。1969年に『レッド・ツェッペリン』でデビュー。代表曲は「ロックン・ロール」「胸いっぱいの愛を」「天国への階段」など。1980年、ジョン・ボーナムの事故死によって解散。1995年にロックの殿堂入りを果たし、2005年にはグラミー賞の功労賞を授賞している。

ピンク・フロイド 17P

1967年にアルバム『夜明けの口笛吹き』でデビューしたイギリスのロックバンド。1973年にリリースしたコンセプト・アルバム『狂気』はアメリカのビルボード・チャートの200位以内に15年（724週）に渡ってランクインし続けて全世界で5000万枚のセールスを記録。1979年に発表した2枚組のアルバム『ザ・ウォール』も3000万枚を越えるヒットとなった。

ピンク・レディー 17P

1970年代後半に活躍した国民的人気アイドル。中学と高校の同級生だったミーとケイがオーディション番組『スター誕生！』をきっかけにして、1976年にシングル「ペッパー警部」でデビューし、「渚のシンドバッド」「UFO」「サウスポー」「透明人間」「モンスター」など、多くのヒット曲を生み出した。

都倉俊一 18P

作曲家・編曲家・プロデューサー。1970年代から作曲活動をスタートし、ピンク・レディー、山口百恵、フィンガー5、郷ひろみ、山本リンダらに楽曲を提供。世に送り出したヒット曲は1000曲を超えている。

『トリロジー』 18P

エマーソン・レイク＆パーマーが1972年に発売したアルバム。三部作という意味のタイトルには、メンバー三人による三位一体の音楽という意味も込められている。

『レティクル座妄想』 19P

筋肉少女帯の9枚目のアルバムで、MCAビクター移籍後初の作品。

新宿LOFT 21P

1976年にオープンした新宿区の老舗ライブハウス。1999年4月に西新宿から歌舞伎町に移転。

小林旭 22P

俳優・歌手。子役の経験を経て、日活ニューフェイスに合格。1956年に映画『飢える魂』でデビューした後、「渡り鳥」シリーズや「銀座旋風児」シリーズの主演を務めて、石原裕次郎たちと日活の黄金時代を築いた。歌手としても「自動車ショー歌」や「昔の名前で出ています」などのヒット曲を持っている。

小椋佳 23P

シンガーソングライター。大学卒業後、日本勧業銀行（現在のみずほ銀行）に入行。銀行マンとしての業務と並行して音楽活動も行う。1971年、シンガーとしてデビュー。布施明の「シクラメンのかほり」、中村雅俊の「俺たちの旅」、美空ひばりの「愛燦燦」をはじめ、多くの歌手への楽曲提供も行っている。

絶望少女達 26P

テレビアニメ「さよなら絶望先生」シリーズに登場する「2のへ組」女子生徒役の声優たち（野中藍、井上麻里奈、小林ゆう、沢城みゆき、新谷良子、真田アサミ、谷井あすか、後藤邑子、松来未祐、後藤沙緒里）で構成されたユニット。「大槻ケンヂと絶望少女達」名義で「人として軸がぶれている」「絶世美人」「空想ルンバ」などをリリースしている。

OASIS 26P

ノエルとリアムのギャラガー兄弟を中心に結成し、1994年にシングル「スーパーソニック」でデビューしたイギリスのロックバンド。何度かメンバーチェンジを行ないながらも「ホワットエヴァー」「ワンダーウォール」などのヒット曲を放っていたが、2009年にノエルが脱退を表明したことでバンドは解散することになった。

FRANZ FERDINAND 26P
スコットランド、グラスゴー出身のロックバンド。2004年にリリースしたデビューアルバム『フランツ・フェルディナンド』は400万枚を超えるビッグヒットとなり、グラミー賞にノミネートされた他、ブリット・アワード、MMFアワードなどの音楽賞を受賞した。これまでに4枚のアルバムをリリースしている。

フジロック 26P
フジロック・フェスティバル。現在の音楽フェスブームの先駆け的存在の音楽イベント。第1回は1997年の夏に山梨県の富士天神山スキー場で開催されたが、台風の影響などもあり、伝説的な回となった。1999年の第3回以降は新潟県の苗場スキー場で開催されている。

ロック・イン・ジャパン・フェスティバル 26P
出版社ロッキング・オンが主催する日本最大級の野外フェス。洋楽アーティスト中心のフジロック・フェスティバルに対して、「日本人アーティストだけでロックフェスを行いたい」というコンセプトで2000年に初開催。今では夏の恒例行事になっている。開催地は茨城県ひたちなか市の国営ひたち海浜公園。

ゴダン 30P
ロバート・ゴダンが開発した今までにない新発想のコンセプト（ライブでの使用を前提に設計。リアルなアコースティックサウンドをプロデュース。他の楽器からの持ち替えでも違和感の無い演奏性）を実現した独創的なギターで、1988年にカナダで誕生した。

ゲイン 30P
アンプなどへの入力の大きさ。ゲインのつまみを上げることによって、音を歪ませることができる。

フェルナンデス 31P

エレクトリックギター、エレクトリックベースを主に製作している日本の楽器メーカー。１９６９年に設立し、１９７２年に社名を現在のフェルナンデスに変更。国内ギターのトップメーカーとして、日本だけでなくアジアや欧米など幅広く支持されている。

プレシジョン型ベース 31P

１９５１年にアメリカのギターメーカー〝フェンダー社〟から発売されたベース。ピックアップ（ギターやベース用のマイク）をひとつだけ搭載するシンプルなベースで、基本的にはフェンダー社製品の名称だが、すでに一般名詞化していて、同じ型のベースもそう呼ばれることがある。

チューニング 31P

〝調律する〟という意味で、楽器の音の高さを合わせることを言う。

ムスタング型 32P

１９６４年に発売されたフェンダー社のエレキギター。ネックの長さがミディアムスケール（通常より短い）になっており、ボディも小さめに設計されている。しかし、名前の由来（暴れ馬、じゃじゃ馬）どおり、小さいながらも激しい音を奏でることができるのも大きな特徴。

『ヤング・ギター』 32P

１９６９年に新興音楽出版社（現在のシンコーミュージック・エンタテイメント）から創刊された音楽雑誌。創刊された当時はフォークミュージックを主に扱っていたが、１９８０年代以降はロック、ヘヴィメタルなどを中心としたギタリストが登場する内容になっている。

「天国への階段」 33P

イギリスのロックバンド、レッド・ツェッペリンの代表曲。４枚目のアルバムに収録されているこの曲は、静かに始まり後半で大きく盛り上がる展開になっていて、ライブでも人気の高い曲だった。レコード会社はシングルとして発売することを望んだが、バンド側はそれを頑なに拒否したというエピソードがある。

タブ譜 33P
タブラチュア譜の略。ギターの弦を押さえるポジションなど、楽器固有の奏法を記号や数字で表した楽譜のことをいう。

エレアコ 34P
エレクトリック・アコースティックギター。ピックアップ（ギター用のマイク）が取り付けられたアコースティックギターのこと。アンプなどに接続して、大音量での演奏が可能。

レミオロメン 35P
藤巻亮太、前田啓介、神宮司治の三人によって２０００年に結成されたロックバンド。「粉雪」などのヒット曲を持っているが、２０１２年に活動休止し、現在はそれぞれ個別に活動している。

A6Ultra 35P
ゴダンのエレアコ。ネックが細めでエレキギターに近いので、エレキから持ち替えても違和感なく演奏できるのも特徴のひとつ。

アンプ 37P
ギターからの信号を増幅させて大きな音を出す機材。

ピックアップ 38P
楽器本体や弦からの振動を電子信号として検出する装置のことをいう。

ボディー 42P
エレキギターやアコースティックギターの本体部分。

ネック 42P
ギターのフィンガーボード（指板）がついているパーツ。弦を左手で押さえる部分（右利き用楽器の場合）を指す。

「テレパシー」 44P
2000年2月にリリースした特撮のファーストアルバム『爆誕』に収録されている楽曲。作詞作曲は大槻ケンヂ。

ストローク 46P
ピックや指で6本の弦すべてを奏でること。

ヤイリギター 47P
岐阜県可児市のアコースティックギター・メーカー。K.Yairiはヤイリギターのギターブランド。

「ブーメランストリート」 49P
1977年3月にリリースされた西城秀樹の20枚目のシングル。

高石ともや 51P
フォークシンガー。1966年に「想い出の赤いヤッケ」でデビューし、「受験生ブルース」などのヒット曲を放っている。マラソンやトライアスロンの大会にも多く出場している。

永六輔 51P
作詞家、ラジオのパーソナリティなど、多くの肩書きを持つ。作詞家としては、坂本九の「上を向いて歩こう」「見上げてごらん夜の星を」、北島三郎の「帰ろかな」、梓みちよの「こんにちは赤ちゃん」などを手掛けている。

セットリスト 52P
ライブやコンサートでの演奏曲目を順番に記したものをいう。

ばちかぶり 53P
1984年に結成された日本のパンクバンド。1985年、ナゴムレコードからアルバム『ばちかぶり』でデビュー。ボーカルの田口トモロヲは現在、俳優として活躍中。NHKで放送されていたドキュメンタリー番組『プロジェクトX』のナレーションも担当していた。

ギルド 54P
アメリカのギターメーカー。1952年にアルフレッド・ドロンジによってギルド・ギターズとして設立され、1970年代前半に社名を変更した。

ギブソンJ-50 58P
マーティン社のD（ドレッドノート）モデルに対抗して、ギブソン社が1934年から製造を始めたJ（ジャンボ）シリーズのひとつ。

ギブソンB-25 58P
Jシリーズはボディが大型だが、Bシリーズは小さめで弾きやすいタイプになっている。

ギブソンJ-200M 58P
ギブソンのJ-200をワンサイズコンパクトにしたタイプ。エミルー・ハリスと呼ばれる機種とほぼ同形。

マーティンM-36 58P
マーティン社のコンパクトモデル、000シリーズと同じ厚さのボディでありながら、表面積はドレッドノートモデルより広い。背面は3ピース構造となっている。

タカミネPTU541C 58P
株式会社高峰楽器製作所が製作したタカミネのエレアコの500シリーズのひとつ。スマートなボディデザインと音のバランスの良さでプロのミュージシャンも愛用者が多い。

アリア シンソニード 58P
練習用ギター、トラベル用ギターとしても使えるサイレントギター。

ヤマハSLG100S 58P
ヤマハのサイレントギター。SLG100Sはスチール弦のフォークギタータイプ。

ギブソンロバート・ジョンソンL-1 59P

伝説のブルースマン、ロバート・ジョンソンモデル。

マーティンOM-28V 59P

OM-28Vの〝V〟は、ネックの背面がV字型のシェイプになっている〝Vネック〟を指している。

クロサワ楽器 59P

ギターやベース、電子ピアノ、ヴァイオリン、チェロなどを取り扱う楽器小売店。１９６７年に1号店を池袋にオープン。オリジナルブランド商品の企画・開発・製造・販売も行っている。

町スタ 60P

バンドの練習や個人練習などが行えるスタジオのこと。

ネックの5フレット 62P

ギターのネック部分に打ち付けられている金属のパーツのことをフレットと呼ぶ。5フレットはヘッド部分から5番目のフレットのこと。

ローズウッド 64P

紫檀（したん）の別名。ギターでは指板部分に使われる。

マホガニー 64P

センダン科マホガニー属に属する高級木材。原産地での乱伐が進んだため、ワシントン条約によって取引が制限されている。

メイプル 64P

カエデ属の植物。ローズウッドと同じく、指板部分に使われる。

マーティン 64P

アメリカのアコースティックギターのトップブランド。エルヴィス・プレスリーやボブ・ディランなど、世界中のミュージシャンに愛用されてきた。

ギブソン 64P
アメリカの楽器メーカー。1902年に設立。1952年にギタリストのレス・ポールと共同でソリッドギターを設計し、レスポールモデルを生み出した。

ヴィンテージ 65P
ただ古いというだけでなく、材質なども含めて豊作の年に作られた楽器のことを言う。

ナローネック 65P
細くて幅の狭いネックのこと。

レギュラーネック 66P
ナローネックに対して、標準的な幅のネックのことをレギュラーネックと呼ぶ。

ドレッドノート 67P
もともとはイギリス海軍の軍艦の名前だったが、大きいものの代名詞として使われるようになり、アコースティックギターもボディが大きなモデルがそう呼ばれている。

オーディトリアム 67P
ドレッドノート型と比べるとコンパクトで厚みも薄く、スケール（ネックの長さ）も少し短い。

キッス 68P
奇抜なメイクが特徴のアメリカのハードロックバンド。1974年にアルバム『キッス・ファースト 地獄からの使者』でデビュー。血のりを吐いたり、火を吹くなど、エンターテイメント性の高いステージで、現在も人気が高い。代表曲は「デトロイト・ロック・シティ」「ラヴ・ガン」「ラヴィン・ユー・ベイビー」など。

冨田勲 69P
作曲家、アレンジャー、シンセサイザー奏者。1974年に日本人として初めてグラミー賞にノミネートされるなど、シンセサイザー奏者の第一人者として世界にも広く知られている。2012年11月に初音ミク（電子声の楽器ソフトウェア「VOCALOID」のキャラクター）を起用して作曲した「イーハトーヴ交響曲」を東京で初演するなど、常に新しいことに精力的に挑戦し続けた。

井上陽水 69P
シンガーソングライター。1969年にアンドレ・カンドレという名前でデビュー。1972年、井上陽水として再デビューし、「傘がない」「夢の中へ」などをリリース。独特の歌詞の世界観と特徴的な歌声で現在も日本の音楽シーンの中で個性を放ち続けている。

『氷の世界』 69P
タイトル曲「氷の世界」、「あかずの踏切り」、小椋佳が作詞を手掛けた「白い一日」、忌野清志郎と共作した「帰れない二人」などを収録した井上陽水の3枚目のアルバム。日本レコード史上初となるミリオンセラーを記録した歴史的名盤だ。

シールド 81P
ギターとアンプなどをつなぐためのケーブル。1メートル、3メートル、5メートルなど、長さもいくつか種類がある。

レッチリ 82P
レッド・ホット・チリ・ペッパーズ。1983年に結成されたアメリカのロックバンド。パンクやハードロック、さらにはファンクやヒップホップも融合させたミクスチャーサウンドで日本での人気も高い。2012年、ロックの殿堂入りを果たしている。

フレディ・マーキュリー 82P
「ボヘミアン・ラプソディ」「伝説のチャンピオン」「ドント・ストップ・ミー・ナウ」などのヒット曲を生み出したイギリスのロックバンド、クイーンのボーカリスト。1991年11月にHIV感染合併症によるニューモシスチス肺炎のため、45歳で死去。

ジミヘン 82P
アメリカのミュージシャン、ジミ・ヘンドリックス。2003年に『ローリング・ストーン誌』で「歴史上最も偉大なギタリスト」の1位に選ばれるほどの高い評価を受けているが、歯でギターを弾いたり、ステージ上でギターに火をつけるなど、個性的なステージパフォーマンスでも有名だった。代表曲は「紫のけむり」「ヘイ・ジョー」「フォクシー・レディ」など。

ジャニス 82P
ジャニス・ジョプリン。1960年代に活躍したアメリカの女性ロックシンガー。魂のこもった歌で多くの人に感動を与え、1970年、27歳の若さで亡くなった。ベット・ミドラー主演の映画『ローズ』（1980年公開）のヒロインはジャニスがモデルとなっている。

尾崎豊 82P
「15の夜」「卒業」などを世に放ったカリスマ的ロックシンガー。1992年に26歳で亡くなった後も大きな影響を与え続けている。「誰かのクラクション」「普通の愛」「白紙の散乱」など、いくつかの著書も発表している。

ESP 85P
1975年、本格的なオーダーメイド・ギターメーカーとして誕生。ひとりひとりのミュージシャンが本当に求める楽器を提供するというポリシーを持ち、他のメーカーにはない特殊な型のギターも多く製造している。東京のお茶の水と渋谷、大阪の梅田にあるカスタム・オーダーショップでオーダーができる。

かまやつひろし（ムッシュかまやつ） 86P
ミュージシャン。ザ・スパイダースのギター&ボーカルとして活躍し、1970年代以降はソロ活動も行い、「我が良き友よ」「やつらの足音のバラード」などをリリースした。

AKB48 87P
2005年に誕生したアイドルグループ。「ポニーテールとシュシュ」「ヘビーローテーション」「フライングゲット」「真夏のＳｏｕｎｄｓ ｇｏｏｄ！」など、２０１４年３月現在、35枚のシングルをリリースしている。

アルペジオ 89P
６本の弦すべてを鳴らすストロークに対して、和音の構成音を分散させて弦のひとつひとつを別々に弾くことをアルペジオという。

ダイアグラムコード表 89P
指板と弦の図に指で押さえる部分を示したコード表。これによって、音符が読めなかったり、コードネームだけでは分からない初心者もすぐに弾くことができる。

「フライミートゥーザムーン」 92P
１９５４年にバート・ハワードによって作られたジャズのスタンダードナンバー。フランク・シナトラをはじめ、多くのシンガーによって歌い継がれている。

テンションコード 94P
普通のコード（３和音や４和音）に複音程（テンションノート）と呼ばれるものを加えたコードのこと。

石川浩司 97P
ミュージシャン。１９８４年に結成されたバンド、たまのパーカッショニスト。２００３年にバンドは解散。その後は、音楽活動の他に舞台などでも活躍している。

たま 97P
知久寿焼、石川浩司、滝本晃司、柳原幼一郎によって、１９８４年に結成されたバンド。１９８９年にＴＢＳ系深夜番組『三宅裕司のいかすバンド天国』に出演し、14代目イカ天キングとなる。１９９０年にシングル「さよなら人類」でメジャーデビュー。柳原は１９９５年に脱退したが、バンドは２００３年まで活動を続けた。

イカ天 98P
『三宅裕司のいかすバンド天国』の略称。1989年2月に放送がスタートし、FLYING KIDS、BEGIN、JITTERIN'JINN、たま、マルコシアス・バンプ、BLANKEY JET CITYなど、この番組をきっかけに多くのバンドがメジャーデビューした。

三柴理 102P
ピアニスト、キーボーディスト。1988年に三柴江戸蔵として筋肉少女帯に加入。1989年に脱退し、Jポップのアーティストのサウンドプロデュースや映画音楽、テレビCMの音楽などを手掛けている。大槻のロックバンド、特撮のメンバーでもある。

みうらじゅん 102P
漫画家・イラストレーター。本業のほかに、小説家、エッセイスト、ラジオのDJなど、幅広いフィールドで活躍している。

遠藤賢司 103P
エンケンの愛称で知られているシンガーソングライター。代表曲は「カレーライス」「満足できるかな」「夜汽車のブルース」「東京ワッショイ」「不滅の男」など。映画「20世紀少年 最終章 ぼくらの旗」(2009年)や「中学生円山」(2013年)などにも出演している。

グレッチ 104P
アメリカのギターメーカー。1883年、ドイツからの移民であるフレデリック・グレッチがブルックリンで創業。当初はバンジョーやドラムなどを扱っていた。

マーシャルアンプ 104P
イギリスのマーシャル・アンプリフィケーション社のエレクトリックギター&ベース用のアンプのブランド。ジミ・ヘンドリックスやザ・フーのピート・タウンゼンドなど、多くのロックミュージシャンたちが愛用。

戸川純 105P

シンガー、女優。1980年にテレビドラマで女優としての仕事を始め、1982年にゲルニカのボーカリストとしてデビューし、シンガーとしてのキャリアもスタートさせる。1984年にはアルバム『玉姫様』でソロ活動も。

山本恭司 105P

ミュージシャン、作曲家。1975年にロックバンドBOWWOWを結成し、翌1976年にデビュー。ウリ・ジョン・ロート（元スコーピオンズ）の2001年の日本公演にゲスト出演するなど、海外のミュージシャンからも認められている実力派。

『がきデカ』 107P

1974年から1980年まで『週刊少年チャンピオン』に連載されていた山上たつひこによるギャグ漫画。「死刑！」「八丈島のきょん」「アフリカ象が好き！」といったギャグもインパクトがあった。

いんぐりもんぐり 109P

ロックバンド。1985年11月にシングル「女子高生」でデビュー。1987年には中京テレビの情報番組「5時SATマガジン」の司会にメンバーの前島正義と永島浩之が起用され、中高生を中心に支持された。1990年夏に解散し、前島と永島はユニット〝INGRY'S〟として活動を始めた。

『40代、職業・ロックミュージシャン』 113P

2013年4月に発売された大槻と40代のロックミュージシャン28人との対談をまとめた書籍「40代、職業・ロックミュージシャン　大人になってもドロップアウトし続けるためにキッチリ生きる、'80年代から爆走中、彼らに学ぶ『生きざま』の知恵」。対談相手は、永島浩之（元いんぐりもんぐり）、サンプラザ中野くん（爆風スランプ）、橘高文彦（筋肉少女帯）など。

フレットレスベース 115P
アコースティックベースやエレクトリックベースのフィンガーボード（指板）にフレットがついていないものを指す。

渋谷Lamama 117P
1982年にオープンした渋谷の老舗ライブハウス。出演するアーティストはロック系バンドが多い。

モンキーダンス 118P
1960年代に流行したダンスの一種。左右の腕を上下に動かす様子がサルに似ていることから名付けられた。

夏フェス 121P
新潟県苗場スキー場で開催されるフジロック・フェスティバル、東京幕張と大阪舞洲で開催されるサマーソニック、茨城県ひたちなか市で開催される邦楽アーティストによるロック・イン・ジャパン・フェスティバルなど、7月から9月にかけて行われる大型音楽フェスティバルのこと。

OTODAMA～音泉魂～ 122P
関西のプロモーター、清水音泉が主催する夏フェス。2005年に初めて開催され、翌2006年からは泉大津フェニックスを会場に行われている。

木村カエラ 124P
シンガー。ファッション雑誌のモデルなどを経て、2003年3月からテレビ神奈川の音楽情報番組「sakusaku」のMCを3年間務める。2004年にシンガーとしての活動もスタートさせ、「リルラ リルハ」やウェディングソングの定番となった「Butterfly」などを発表。

アーニーボールのライトゲージ 130P
アーニーボールは世界のトップギタリストから

支持されている弦。種類によって弦の太さが違っていて、ライトゲージは細めの弦を指す。

エンドピン 130P
ギターのボディにあるストラップを付けるためのピン。

ペグ 131P
ギターのヘッド部分についているパーツで、これを回して弦をチューニングする。

ケラリーノ・サンドロヴィッチ 132P
ミュージシャン、劇作家、脚本家、映画監督。KERAの名前でバンド有頂天のボーカリストとして活躍し、インディーズレーベル「ナゴムレコード」の運営も行っていた。映画監督としては2003年に公開した「1980」、2007年の「グミ・チョコレート・パイン」（原作は大槻の半自伝的小説）、2009年の「罪とか罰とか」を製作。

ダイアモンド✡ユカイ 132P
ロックシンガー。1986年にロックバンドRED WARRIORSのボーカリストとしてデビュー。現在は音楽活動以外に、俳優やナレーター、タレントとしてテレビのバラエティ番組にも出演している。

「帰れない二人」 134P
井上陽水の大ヒットアルバム『氷の世界』に収録されている楽曲。忌野清志郎との共作で、細野晴臣と高中正義もレコーディングに参加している。

水戸華之介 135P
ミュージシャン。1988年、ロックバンド〝アンジー〟のボーカリストとしてシングル「天井裏から愛を込めて」、アルバム『溢れる人々』でメジャーデビュー。バンドは1992年に解散。2013年、デビュー25周年を記念して水戸華之介&GOLDEN FELLOWS名義で『不死鳥Rec.』をリリースしている。

「やつらの足音のバラード」 135P
1974年10月から1976年3月まで放送されたテレビアニメ「はじめ人間ギャートルズ」のエンディングテーマ。作詞は園山俊二、作曲はかまやつひろしが手掛けている。

ストラトキャスター 140P
フェンダー社のエレクトリックギターの機種のひとつ。ギブソン社のレスポールと並んで、エレクトリックギターを代表するタイプのため、他のメーカーでもストラトキャスターと同じ形状のギターが多く作られている。

ディープ・パープル 140P
「ブラック・ナイト」「ハイウェイ・スター」「スモーク・オン・ザ・ウォーター」などのヒット曲を持つイギリスのハードロックバンド。ギタリストのリッチー・ブラックモア、キーボード奏者のジョン・ロードらが在籍。

リフ 140P
繰り返されるコード進行や旋律などを指す。

サイレントギター 141P
ボディがなく、アンプを内蔵していて、時間を気にせずにヘッドホンで練習できるギター。ヤマハ製のものが有名。

ジェイムス・テイラー 142P
アメリカのシンガーソングライター。1968年にビートルズが設立したアップル・レコードからデビュー。代表曲は「ファイア・アンド・レイン」「スウィート・ベイビー・ジェイムス」「カントリー・ロード」「きみの友だち」など。

恵比寿リキッドルーム 145P
東京渋谷区にあるライブハウス。1994年に新宿歌舞伎町にオープンしたが、2004年に現在の場所に移転した。

牧伸二 147P

ウクレレ漫談家。歌うボヤキ漫談「やんなっちゃった節」で幅広い層から支持された。

ドクターマーチン 153P
ドイツの靴、ブーツのブランド。クラウス・マルテンス博士によって開発されたエアークッションの効いた靴底（バウンシングソール）が大きな特徴になっている。ロックミュージシャンにも愛用者が多い。

ロッキンホース・バレリーナ 153P
ヴィヴィアン・ウエストウッドの靴。厚いソールが特徴的。大槻の小説にも『ロッキン・ホース・バレリーナ』というタイトルの作品がある。18歳の夏に仲間たちとパンクバンドを組み、生まれて初めてのライブツアーへ。出会った謎のゴスロリ娘との出会いによって旅は思わぬ方向に進んでいくという青春ロック長編だ。

ジョージ・コックス 153P
1906年、ジョージ・ジェイムス・コックスによってイギリスで設立された靴のブランド。1973年から1995年の間、ドクターマーチンのソールを使用したモデルを生産するなど、良質な靴を作り続けている。

『キッズ・リターン』 157P
1996年に公開された映画。監督は北野武、主演は金子賢と安藤政信。「俺たち、もう終わっちゃったのかなぁ？」「バカヤロウ、まだ始まっちゃいねえよ」は主人公ふたりによる有名なセリフ。

ピックガード 157P
ピッキングによる傷からボディを守るために取り付けられているパーツのこと。

中原中也 167P
350篇以上の詩を残した詩人、歌人。詩集『山羊の歌』『在りし日の歌』のほか、訳詩集『ランボオ詩集』などがある。

谷山浩子 172P
シンガーソングライター。１９７２年にシングル「銀河系はやっぱりまわってる」とアルバム『静かでいいな～谷山浩子15の世界～』をリリースし、デビュー当時からその才能を発揮していた。現在までに40枚以上のオリジナルアルバムをリリースしており、現在もライブやイベントなどを全国各地で行っている。

猫森集会 172P
２００２年から毎年秋に新宿の全労済ホールスペース・ゼロで開催されている「３６０度型コンサート」シリーズ。谷山浩子をホストに、毎回個性的なゲストミュージシャンが招かれている。

THE RYDERS 174P
パンクバンド。１９８８年に『THE RYDERS』でメジャーデビュー。現在もボーカルのJ.OHNOとベースのKOJIを中心にライブ活動を行っている。

エピフォン 175P
ギブソン社傘下のギターブランド。ジョン・レノン、ジョージ・ハリスンらも使用したカジノが人気が高い。

ヘミングウェイ 181P
『武器よさらば』『日はまた昇る』『老人と海』『誰がために鐘は鳴る』などを書いたアメリカの小説家。１９５４年、『老人と海』が評価されてノーベル文学賞を受賞。

ローコード 182P
１フレットから４フレットあたりを使用するコードのこと。開放弦（指で押さえない弦）を利用する。対義語は「ハイコード」。

テイラー 183P
１９７４年にボブ・テイラーとカート・リスタグの二人によってアメリカ・カリフォルニアに創設されたギターメーカー。製品はエレアコ、アコースティック、エレクトリックの3つのラインナップがある。

チェット・アトキンス 185P

アトキンスはジャズやブルースの要素も取り入れた演奏と作品で、13作品でグラミー賞を受賞している。ビートルズのジョージ・ハリスンやイエスのスティーヴ・ハウなど、多くのギタリストに影響を与えている。

マキタスポーツ 185P

お笑い芸人、ミュージシャン。クオリティの高いパロディソングを得意とし、矢沢永吉、長渕剛、桑田佳祐など、モノマネのレパートリーも多い。役者としてテレビドラマや映画にも出演しており、映画『苦役列車』でブルーリボン賞新人賞を受賞。

テツandトモ 185P

テツ（中本哲也）とトモ（石澤智幸）によるお笑いコンビ。赤と青のジャージ姿で、日常生活の中での疑問を「なんでだろう?」と繰り広げるネタでブレイク。

モーリス 185P

1961年創業のギターメーカー。1970年代のフォークブームと相まって、多くの人たちがモーリスのギターを購入した。

AMEMIYA 185P

お笑い芸人。アコースティックギターを使った歌ネタを得意とし、「冷やし中華はじめました」などでブレイク。ほかに「東京ウォーカーに載りました」「ご飯のおかわり自由です」などのネタが有名。

ギブソンのハミングバード 185P

ギブソン社のアコースティックギターで、ピックガードに美しいハチドリが描かれているのが特徴。

運指 187P

ギターなど、楽器を演奏する時の〝指の使い方〟のことをいう。

「真夜中のギター」 190P
1969年に発売された千賀かほるのデビュー曲。徳永英明、島谷ひとみなど、多くのアーティストにカバーされている。

ピエゾピックアップ 193P
ピックアップの一種。圧電素子を用いて、楽器の一部の振動を圧電効果として検出するタイプ。金属部分がない楽器にも使えるのが特徴。

人間椅子 198P
1987年に和嶋慎治と鈴木研一によって結成されたロックバンド。1989年にTBS系の深夜番組『三宅裕司のいかすバンド天国』に出演したのをきっかけに、1990年に『人間失格』でメジャーデビューした。

ROLLY 198P
ミュージシャン。1990年、ロックバンド〝すかんち〟のボーカル&ギターとしてデビュー。1996年にバンドは解散し、その後はソロアーティストとして活動を行っている。

石ノ森章太郎 201P
漫画家。代表作は『仮面ライダー』『サイボーグ009』『ロボット刑事』『猿飛佐助』『原始少年リュウ』『がんばれ!!ロボコン』など多数。

スプルース 204P
〝えぞ松〟の一種で、ギターのトップ（表材）に使用されることが多い。

ホンジュラス・マホガニー 204P
センダン科の広葉樹で、中南米の熱帯地方に広く分布している。耐久性に優れているので、エレキギターの素材としても利用されている。

テッド 208P
2012年に公開(日本公開は2013年1月)

されたアメリカの映画『テッド』の主人公。

耳コピ 213P

バンドスコアやギター譜といった譜面を見てコピーすることに対して、音楽を耳で聴いてコピーする行為を指す。

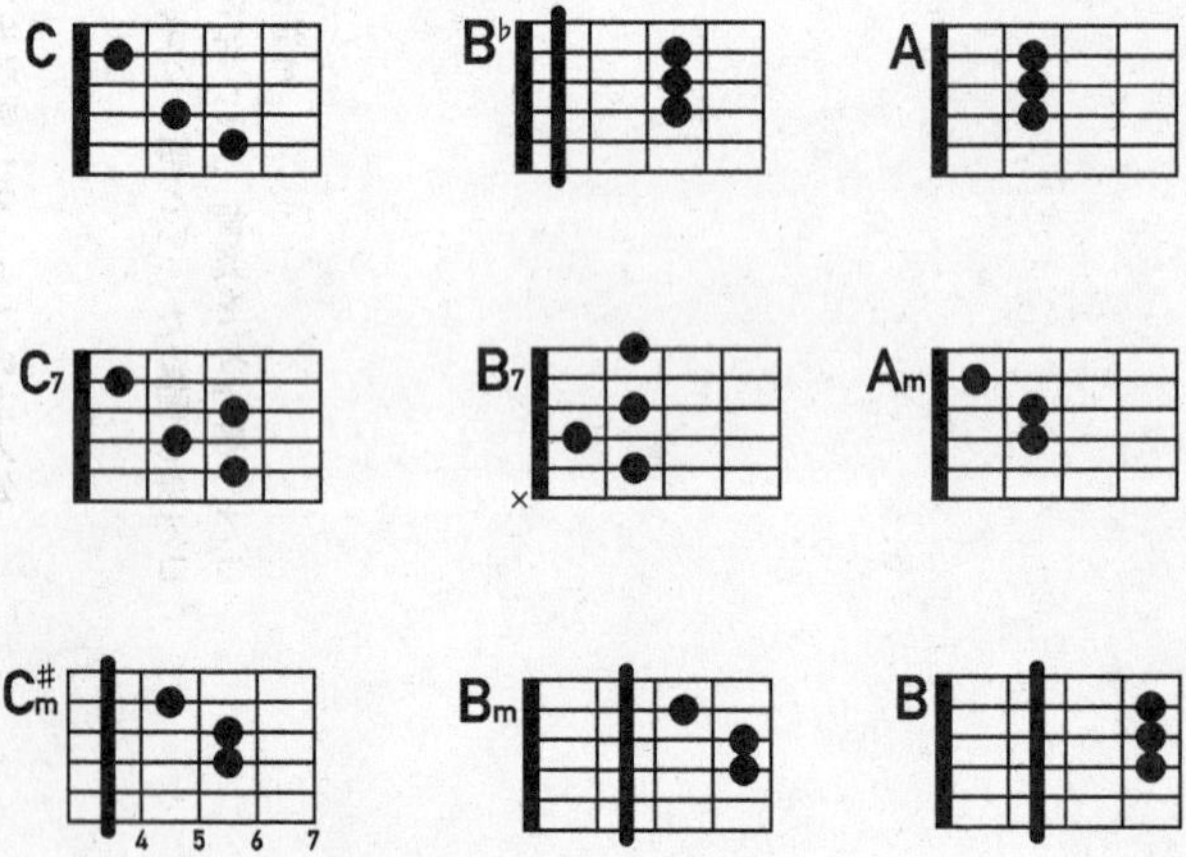

コード一覧

F
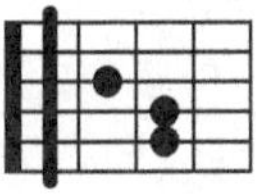

E
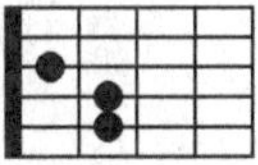

CM7
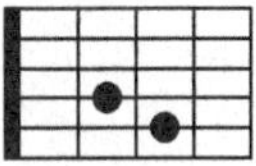

G

E♭
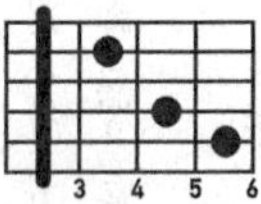

D
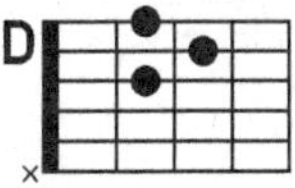

G♯m
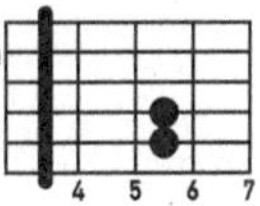

Em
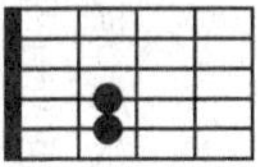

Dm

Gm7

この作品は二〇一四年三月、小社より単行本として刊行されました。単行本時のタイトル『FOK46 突如40代でギター弾き語りを始めたらばの記』は文庫化にあたり改題しました。(編集部)

いつか春《はる》の日《ひ》のどっかの町《まち》へ

大《おお》槻《つき》ケンヂ

平成29年 2月25日　初版発行
令和7年 2月10日　6版発行

発行者●山下直久

発行●株式会社KADOKAWA
〒102-8177　東京都千代田区富士見2-13-3
電話　0570-002-301（ナビダイヤル）

角川文庫 20207

印刷所●株式会社KADOKAWA
製本所●株式会社KADOKAWA

表紙画●和田三造

ISBN978-4-04-105378-2　C0193

JASRAC 出 1700997-506　◆◇◇

角川文庫発刊に際して

角川源義

第二次世界大戦の敗北は、軍事力の敗北であった以上に、私たちの若い文化力の敗退であった。私たちの文化が戦争に対して如何に無力であり、単なるあだ花に過ぎなかったかを、私たちは身を以て体験し痛感した。西洋近代文化の摂取にとって、明治以後八十年の歳月は決して短かすぎたとは言えない。にもかかわらず、近代文化の伝統を確立し、自由な批判と柔軟な良識に富む文化層として自らを形成することに私たちは失敗して来た。そしてこれは、各層への文化の普及滲透を任務とする出版人の責任でもあった。

一九四五年以来、私たちは再び振出しに戻り、第一歩から踏み出すことを余儀なくされた。これは大きな不幸ではあるが、反面、これまでの混沌・未熟・歪曲の中にあった我が国の文化に秩序と確たる基礎を齎らすためには絶好の機会でもある。角川書店は、このような祖国の文化的危機にあたり、微力をも顧みず再建の礎石たるべき抱負と決意とをもって出発したが、ここに創立以来の念願を果すべく角川文庫を発刊する。これまで刊行されたあらゆる全集叢書文庫類の長所と短所とを検討し、古今東西の不朽の典籍を、良心的編集のもとに、廉価に、そして書架にふさわしい美本として、多くのひとびとに提供しようとする。しかし私たちは徒らに百科全書的な知識のジレッタントを作ることを目的とせず、あくまで祖国の文化に秩序と再建への道を示し、この文庫を角川書店の栄ある事業として、今後永久に継続発展せしめ、学芸と教養との殿堂として大成せんことを期したい。多くの読書子の愛情ある忠言と支持とによって、この希望と抱負とを完遂せしめられんことを願う。

一九四九年五月三日

角川文庫ベストセラー

ステーシーズ　少女再殺全談　　大槻ケンヂ

少女たちが突然人間を襲う屍体となる「ステーシー化現象」が蔓延。一方、東洋の限られた地域で数十体の畸形児が生まれ、その多くはステーシー化し再殺されたのだが……新たに番外編を収録した完全版。

ゴシック＆ロリータ幻想劇場　　大槻ケンヂ

怪奇、不条理、愛、夢、残酷、妖精、ロック……奇才・大槻ケンヂが、可愛くって可笑しくって悲しい女の子たちのために、ロマンティックで気高い物語を紡ぎ出しました。単行本未収録作品を加えた完全版。

ロコ！　思うままに　　大槻ケンヂ

絶対的に君臨する父親によってお化け屋敷に閉じこめられている少年・ロコ。独りぼっちの彼が美しい一人の少女と出会う……ほろ苦い衝動が初めてロコを突き動かす！　泣ける表題作他を収めた充実の短編集。

縫製人間ヌイグルマー　　大槻ケンヂ

クリスマスの夜、ある女の子のところにやってきた一体のテディベア。不思議なことに彼は意志を持ち、世界征服を狙う悪の組織に立ち向かう！　大切な誰かを守るために——。感動と興奮のアクション大長編。

人として軸がブレている　　大槻ケンヂ

「人として軸がブレている」と自ら胸をはって大きな声で公言する、オーケンならではの眼差しから紡がれる珠玉の爆笑のほほんエッセイ48＋1編！　人として軸がブレている。でもいいんじゃん？

角川文庫ベストセラー

懐しの名画ミステリー
埋もれた青春
赤川次郎

妻の身代わりで殺人罪で刑務所に入った男が二十年ぶりに出所してみれば……ゆるやかな恐怖を包み込みながら、ユーモアとサスペンスに満ちあふれた懐しの名画ミステリ五編。

相田みつをザ・ベスト
一生感動一生青春
相田みつを

禅とはなにか？　我々の気持ちにすっとしみこむようなわかりやすい言葉で解き明かす、仏教の精神の神髄。在家で禅宗を修行した相田みつをだからこそ書けた、心にしみるエッセイの数々と書を収録。

最後の記憶
綾辻行人

脳の病を患い、ほとんどすべての記憶を失いつつある母・千鶴。彼女に残されたのは、幼い頃に経験したというすさまじい恐怖の記憶だけだった。死に瀕した彼女を今なお苦しめる、「最後の記憶」の正体とは？

眼球綺譚
綾辻行人

大学の後輩から郵便が届いた。「読んでください。夜中に、一人で」という手紙とともに、その中にはある地方都市での奇怪な事件を題材にした小説の原稿がおさめられていて……珠玉のホラー短編集。

青に捧げる悪夢
岡本賢一・乙一・恩田陸・小林泰三・近藤史恵・篠田真由美・瀬川ことび・新津きよみ・はやみねかおる・若竹七海

その物語は、せつなく、時におかしくて、またある時はおぞましい——。背筋がぞくりとするようなホラー・ミステリ作品の饗宴！　人気作家10名による恐くて不思議な物語が一堂に会した贅沢なアンソロジー。

角川文庫ベストセラー

作家の履歴書
21人の人気作家が語るプロになるための方法
大沢在昌他

作家になったきっかけ、応募した賞や選んだ理由、発想の原点はどこにあるのか、実際の収入はどんな感じなのか、などなど。人気作家が、人生を変えた経験を赤裸々に語るデビューの方法21例！

「彼女たち」の連合赤軍
サブカルチャーと戦後民主主義
大塚英志

獄中で乙女ちっくな絵を描いた永田洋子、森恒夫の顔を「かわいい」と言ったため殺された女性兵士。連合赤軍の悲劇をサブカルチャー論の第一人者が大胆に論じた画期的な評論集！　新たに重信房子論も掲載。

ドミノ
恩田陸

一億の契約書を待つ生保会社のオフィス。下剤を盛られた子役の麻里花。推理力を競い合う大学生。別れを画策する青年実業家。昼下がりの東京駅、見知らぬ者同士がすれ違うその一瞬、運命のドミノが倒れてゆく！

チョコレートコスモス
恩田陸

無名劇団に現れた一人の少女。天性の勘で役を演じる飛鳥の才能は周囲を圧倒する。いっぽう若き女優響子は、とある舞台への出演を切望していた。開催された奇妙なオーディション、二つの才能がぶつかりあう！

雪月花黙示録
恩田陸

私たちの住む悠久のミヤコを何者かが狙っている……！　謎×学園×ハイパーアクション。恩田陸の魅力全開、ゴシック・ジャパンで展開する『夢違』『夜のピクニック』以上の玉手箱!!

角川文庫ベストセラー

角川文庫ベストセラー

できるかなリターンズ　西原理恵子

ロボット相撲からインドネシア暴動まで、サイバラ激闘の軌跡！　ご存じ西原理恵子が描く、激辛コミックエッセイ第二弾！

どこへ行っても三歩で忘れる
鳥頭紀行くりくり編　西原理恵子　ゲッツ板谷　鴨志田　穣

サイバラりえぞうが、ゲッツ、カモちゃんを引き連れ、ミャンマーで出家し、九州でタコを釣り、ドイツへハネムーンに飛ぶ！　悟りを開いたりえぞうが、人生相談もしてくれて……。

できるかなV3　西原理恵子

脱税からホステス生活まで、サイバラ暴走の遍歴を綴った爆笑ルポマンガ。大人気の『できるかな』シリーズ第3弾、満を持して文庫化！

スナックさいばら
けものみち篇　西原理恵子

恋愛、結婚、出産、子育て。キレイゴトでは済まされない問題に、豊富な経験値にもとづいた的確なアドバイスを送る、本音のガールズトーク。人生のスカを引かないための最強サバイバル戦術指南！

スナックさいばら
おひとりさま篇　西原理恵子

全力で逃げてかまして、要らないもん全部捨てた時に、自分にとって何がシアワセか見えてくる。それがおんなの獣みち。人生の荒波をかいくぐってきたサバイバー・サイバラからの一子相伝の極意がここに！

角川文庫ベストセラー

鍋釜天幕団フライパン戦記
あやしい探検隊青春篇

編／椎名　誠

まだ〝旅〟があった時代、彼らは夜行列車に乗り込み、行き当たりばったりの冒険に出た。第1回遠征・琵琶湖合宿をはじめ、初期「あやしい探検隊」を、椎名誠と沢野ひとしが写真とともに振り返る。

小説　秒速5センチメートル

新海　誠

「桜の花びらの落ちるスピードだよ。秒速5センチメートル」。いつも大切な事を教えてくれた明里、彼女を守ろうとした貴樹。恋心の彷徨を描く劇場アニメーション『秒速5センチメートル』を監督自ら小説化。

小説　言の葉の庭

新海　誠

雨の朝、高校生の孝雄と、謎めいた年上の女性・雪野は出会った。雨と緑に彩られた一夏を描く青春小説。劇場アニメーション『言の葉の庭』を、監督自ら小説化。アニメにはなかった人物やエピソードも多数。

小説　君の名は。

新海　誠

山深い町の女子高校生・三葉が夢で見た、東京の男子高校生・瀧。2人の隔たりとつながりから生まれる「距離」のドラマを描く新海誠的ボーイミーツガール。新海監督みずから執筆した、映画原作小説。

宮沢賢治の青春
〝ただ1人の友〟保阪嘉内をめぐって

菅原千恵子

盛岡高等農林学校時代、ただ一人の友達として賢治に大きな影響を与えた男、保阪嘉内。だが法華経に入り込む賢治とそれを現実逃避と批判した保阪は対立。激しい訣別は賢治に深い傷を残した。賢治研究の新成果。

角川文庫ベストセラー

本をめぐる物語 一冊の扉　中田永一、宮下奈都、原田マハ、小手鞠るい、朱野帰子、沢木まひろ、小路幸也、宮木あや子 編／ダ・ヴィンチ編集部

新しい扉を開くとき、そばにはきっと本がある。遺作の装幀を託された〝あなた〟、出版社の校閲部で働く女性などを描く、人気作家たちが紡ぐ「本の物語」。本の情報誌『ダ・ヴィンチ』が贈る新作小説全8編。

ふちなしのかがみ　辻村深月

冬也に一目惚れした加奈子は、恋の行方を知りたくて禁断の占いに手を出してしまう。鏡の前に蠟燭を並べ、向こうを見ると――子どもの頃、誰もが覗き込んだ異界への扉を、青春ミステリの旗手が鮮やかに描く。

本日は大安なり　辻村深月

企みを胸に秘めた美人双子姉妹、プランナーを困らせるクレーマー新婦、新婦に重大な事実を告げられないまま、結婚式当日を迎えた新郎……。人気結婚式場の一日を舞台に人生の悲喜こもごもをすくい取る。

寺山修司青春歌集　寺山修司

青春とは何だろう。恋人、故郷、太陽、桃、蝶、そして祖国、刑務所。18歳でデビューした寺山修司が、情感に溢れたみずみずしい言葉で歌った作品群。歌に託して戦後世代の新しい青春像を切り拓いた傑作歌集。

ゲゲゲの鬼太郎 青春時代　水木しげる

「墓の下高校」に通うことになった鬼太郎。階下に住む貧乏劇画家に家宝のペン先を渡すと、描いたお化けが飛び出した！「続ゲゲゲの鬼太郎」を当時の漫画誌掲載順に収録した、完全保存版！